August Wiegand

Die Lebens-Versicherungs-Praxis

Antigonos

August Wiegand

Die Lebens-Versicherungs-Praxis

Unveränderter Nachdruck der Originalausgabe von 1866.

1. Auflage 2024 | ISBN: 978-3-38616-009-4

Antigonos Verlag ist ein Imprint der Outlook Verlagsgesellschaft mbH.

Verlag: Outlook Verlag GmbH, Zeilweg 44, 60439 Frankfurt, Deutschland, info@outlook-verlag.de
Vertretungsberechtigt: E. Roepke, Zeilweg 44, 60439 Frankfurt, Deutschland
Druck: Libri Plureos GmbH, Friedensallee 273, 22763 Hamburg, Deutschland

Die
Lebens-Versicherungs-Praxis.

I. Wesen und Bedeutsamkeit der Lebens-Versicherung.

II. Anleitung zur planmäßigen Betreibung des Agentur-Geschäfts.

Von

Dr. August Wiegand.

Dritte, theilweise umgearbeitete Auflage.

Erster Theil.

Halle,

In Commission von H. W. Schmidt.

1864.

Vorwort zur ersten Auflage.

Während die Literatur eine ziemlich bedeutende Anzahl theoretischer Werke über Lebensversicherung aufzuweisen hat, muß man sie in Bezug auf die Praxis der Lebensversicherung als überaus arm bezeichnen. Außer den von den verschiedenen Lebensversicherungs-Gesellschaften herausgegebenen Prospecten und Instructionen, sowie einigen zerstreut in Zeitschriften sich vorfindenden Aufsätzen, besitzen wir gar nichts über dieses Thema, wenigstens ist dem Verfasser vorliegender Schrift kein diesen Gegenstand behandelndes Werk bekannt geworden. Schon aus diesem Grunde, denke ich, ist die Herausgabe nachfolgender Blätter gerechtfertigt. Was hilft einer Lebensversicherungs-Gesellschaft die beste theoretische Fundirung, wenn sie nicht gleichzeitig Agenten besitzt, die ihre Aufgabe richtig zu erfassen und durchzuführen verstehen? Solche Agenten heranzubilden, das ist der Zweck, welchen der Verfasser bei Ausarbeitung seiner Schrift im Auge hatte.

Die Lebensversicherung ist keine Waare, die an den Mann gebracht werden soll, sondern ein edles Gut, dessen die menschliche Gesellschaft theilhaftig gemacht werden muß, sie ist der hauptsächlichste Hebel für Volkswohlfahrt und das Fundament des Familienglücks. Wäre die Wahrheit dieses Satzes bereits so in das Volksbewußtsein gedrungen, daß jeder Familienvater die Versicherung seines Lebens als seine erste Pflicht erkennte, daß Niemand seine Tochter an einen Mann verheirathete, der nicht zuvor sein Leben zu ihren Gunsten versichert, daß überhaupt die öffentliche Meinung jedes Familienhaupt, das die Versicherung seines Lebens verschmähte, als leichtsinnig und gewissenlos verurtheilte, dann, ja dann dürfte eine Anleitung zur Betreibung des Agenturgeschäfts kaum nöthig sein. So weit sind wir aber leider! noch lange nicht, vielmehr steckt das deutsche Volk noch so tief in Vorurtheilen und widersinnigen Vorstellungen über die Bedeutsamkeit des Lebensversicherungswesens, daß eine Erlösung daraus nur zu hoffen ist, wenn die Agenten die Segnungen der Lebensversicherung richtig erkannt und an sich selbst erfahren haben. Möchte es dem Verfasser gelingen, sie dahin zu führen, möchte er in ihnen diejenige Liebe und Begeisterung für ihre Aufgabe anfachen, ohne die eine ersprießliche Agententhätigkeit undenkbar ist, ja möchte er die Vertreter von Lebensversicherungs-Gesellschaften auf den Punkt bringen, daß sie in ihrer Berufsthätigkeit ihr volles Lebensglück fänden und um deswillen daran festhalten müßten mit ihrem ganzen Herzen!

December 1857.

Der Verfasser.

Vorwort zur zweiten Auflage.

Diese neue Auflage ist in zwei Theile getheilt worden, von welchen der erste über das Wesen und die Bedeutsamkeit der Lebensversicherung, der zweite über das Agenturwesen handelt. Es steht zu hoffen, daß der erstere auch für das größere Publikum von Interesse sein werde. Für vielfach mir zugegangene beherzigenswerthe Winke sage ich auch an diesem Orte meinen besten Dank.

März 1858.

Der Verfasser.

Vorwort zur dritten Auflage.

Nach wiederholten unveränderten Abdrücken der 2. Aufl. vorliegender Schrift erschien dem Unterzeichneten eine theilweise Umarbeitung derselben doch endlich als Bedürfniß und darum erscheint sie gegenwärtig in neuer Auflage.

Mai 1864.

Der Verfasser.

Erster Theil.
Die Bedeutsamkeit der Lebensversicherung.

Erster Abschnitt.

Die ersten Anfänge des Lebens-Versicherungs-Wesens. Sterbe- oder Leichenkassen.

§. 1.
Entstehung von Sterbekassen.

Der erste Beginn der sogenannten Sterbekassen fällt vielleicht mit dem der Innungen zusammen, obgleich das Bedürfniß der ersteren sicher viel eher erkannt worden ist, als das der letzteren. Wie damals, so ist es ja noch heute eine fast täglich vorkommende Erscheinung, daß zu der Noth und Sorge, in welche eine Familie durch den Tod ihres Versorgers versetzt wird, gar häufig noch die augenblickliche Verlegenheit kommt, daß zur Bestreitung der Beerdigungskosten die nöthigen Mittel fehlen, und zwar tritt uns diese Thatsache nicht blos in den unbemittelten Ständen, sondern selbst in solchen Familien entgegen, die sich zeither eines gewissen Wohlstandes erfreut haben. Der Grund ist ein leicht zu begreifender. Die vorangegangene Krankheit des Ernährers der Familie hat derselben vielleicht schon seit geraumer Zeit jeglichen Erwerb abgeschnitten oder doch wesentlich geschmälert und hierdurch zur Bekümmerniß um den zu fürchtenden Verlust des theuren Vaters noch die Sorge um die Erschwingung des nöthigen Lebensunterhaltes für die übrigen Familienglieder gesellt. Hat nun auch die Hoffnung auf Wiedergenesung des Ernährers die Glieder seiner Familie aufrecht erhalten und auch die größten Entbehrungen ihnen tragen helfen, so verscheucht der eintretende Tod desselben mit dem letzten Hoffnungsstrahle jeglichen Trost für die Zukunft und Noth und Elend der Hinterbliebenen muß aufs Aeußerste steigen.

Diese traurigen Thatsachen und Erfahrungen mußten natürlich den Wunsch hervorrufen, Vereine zu gründen, welche sich die Aufgabe stellten, gegen kleine bei Lebzeiten gezahlte Beiträge den Hinterlassenen eines Familienvaters ein kleines Capital in die Hände zu geben zur Bestreitung der Beerdigungskosten und der allerersten Bedürfnisse der ihres Versorgers beraubten Wittwen und Waisen. So entstanden denn auch schon frühzeitig solche Unterstützungs-Vereine, welche die verschiedensten Namen, wie Begräbnißvereine, Leichenkassen, Sterbekassen, Grabekassen, Erequienkassen u. s. w. führten.

§. 2.

Gewöhnliche Einrichtung der Sterbekassen.

Die früheste Einrichtung der Sterbekassen, die sich bei den meisten auch noch bis auf die jetzige Zeit erhalten hat, bestand darin, daß die Theilnehmer eines solchen Vereins beim Tode eines Mitgliedes bestimmte Beiträge zahlten, deren Summe nach Abzug der Verwaltungskosten den Hinterlassenen des Verstorbenen eingehändigt wurde. Die Mitgliederzahl war eine festbestimmte und wurde dieselbe z. B. bei einer sogenannten fünfundzwanzig Thaler-Leichenkasse vielleicht auf 300 festgesetzt, wovon jedes Mitglied bei einem Todesfalle 3 Sgr. zahlte. Diese Beiträge ergaben 30 Thlr., wovon 25 den Hinterlassenen des Verstorbenen übergeben und der Ueberschuß von 5 Thlrn. an Vorsteher, Rendant und Collecteur gezahlt wurden. Die sich zur Aufnahme Meldenden wurden in einer sogenannten Erpectantenliste verzeichnet und rückten nach der Zeitfolge ihrer Meldungen bei eintretenden Todesfällen wirklicher Mitglieder ein.

Diese Einrichtung empfahl sich natürlich wegen ihrer ungemeinen Einfachheit, da sie gar keine Buchführung nothwendig machte, und mußte auch als vollständig gesichert erscheinen, weil das vorhandene Bedürfniß zahlreiche Meldungen zur Aufnahme hervorrief und die große Zahl der Erpectanten keine Lücke in der Mitgliederzahl befürchten ließ. Bei einigen Sterbekassen wurden die Beiträge so hoch gestellt, daß noch ein Ueberschuß blieb, welchen man zu einem Reserve = Capital ansammelte.

Bei den meisten Sterbekassen wurden die Beiträge nicht lebenslänglich, sondern nur so lange gezahlt, bis sie das zu er= wartende Sterbegeld erfüllt hatten. Nach dieser Zeit traten die Mitglieder in die Reihen der sogenannten Emeriten und es rück= ten für sie neue Mitglieder aus der Zahl der Expectanten ein.

§. 3.

Das Schicksal dieser Sterbekassen.

Bei der im Vorhergehenden geschilderten Einrichtung der Sterbekassen können sich die letzteren auf gar lange Zeit einer gewissen Blüthe erfreuen, trotzdem daß ihre Organisation die allerverkehrteste ist und den Keim des nothwendigen dereinstigen Unterganges in sich trägt. Es ist nicht schwer, das Letztere nachzuweisen. Da bei den genannten Sterbekassen ein Mitglied nur so lange steuert, als die Summe seiner gezahlten Beiträge die Höhe der Aussteuer noch nicht erreicht hat, so werden unge= fähr im 25. bis 30. Jahre des Bestehens einer solchen Kasse die von den ersten Mitgliedern noch Lebenden in die Klasse der Emeriten treten. Hierdurch ändert sich die Lage der Kasse schon wesentlich. Da nämlich die Emeriten zu jenen 300 Mitgliedern, welche ausgesteuert werden sollen, noch hinzukommen, so steigern sich in demselben Verhältnisse, wie Emeriten entstehen, auch die Todesfälle und folgerecht auch die Beiträge, mithin werden jetzt schon die Bedingungen zur Betheiligung an einer solchen Kasse ungünstiger, als im Anfange. Wie aber die steigende Zahl der Emeriten die Beiträge steigern muß, so muß auch umgekehrt die öfter als früher eintretende Beitragszahlung wiederum die steuernden Mitglieder früher als sonst zu Emeriten machen und also auch die Zahl der Letzteren steigern. In demselben Maaße aber, wie mit der Zeit die Mitgliedschaft bei einer solchen Sterbe= kasse immer kostspieliger werden muß, wird selbstredend der An= drang zu derselben sich mindern, die Expectanten=Listen werden sich leeren und die Sterbekasse wird ihrer Auflösung unaufhaltsam entgegengehen. Natürlich gehen die letzten Mitglieder ihrer Aus= steuer verlustig. Das ist das Schicksal einer solchen Sterbekasse, und daß es in der That so ist, beweisen zahlreiche traurige Fälle, wovon fast jede größere Stadt Beispiele aufzuweisen hat. Um dem kommenden Untergange einer solchen Sterbekasse entgegenzuarbeiten, hat man sich genöthigt gesehen, mitunter zu ganz verzweifelten Mitteln seine Zuflucht zu nehmen. Eins der gewöhnlichsten ist das, daß den Hinterlassenen eines verstorbenen Mitgliedes die Pflicht auferlegt wird, ein neues Mitglied für den Verstorbenen zu stellen, oder widrigenfalls einen namhaften Abzug von der Aussteuer zu erleiden. So ungerechtfertigt ein solcher Zwang einerseits ist, so wenig nützt er andererseits auf die Dauer, da man auch Mittel gefunden hat, diese Pflicht zu umgehen. Es fehlt nämlich nicht an Beispielen, wo jene gestellten Ersatzmitglieder nur zum Scheine beitraten und nach Zahlung eines Beitrags wieder die Mitgliedschaft aufgaben. Die hierdurch entstehenden Lücken sind aber dann gar nicht mehr auszufüllen, weil jetzt Niemand mehr die Pflicht hat, die nöthigen Ersatzmänner zu beschaffen. — Die Innungs-Sterbekassen haben ein ähnliches, und deshalb nicht viel besseres Mittel, um sich lebensfähig zu erhalten, nämlich das, daß jedem Meister bei der Aufnahme in die Innung der Beitritt in die Sterbekasse als Innungspflicht auferlegt wird. Gesetzt nun auch, eine Sterbekasse wäre durch solche oder ähnliche Mittel noch im Stande, sich zu erhalten, so steht doch so viel fest, daß bei der wachsenden Zahl der Emeriten die Leistungen der wirklich zahlenden Mitglieder endlich eine Höhe erreichen müssen, die, statt zur Wohlthat, nur zur drückenden Last der Interessenten werden muß.

Nach dem Gesagten könnte es scheinen, als ob blos das gerügte Emeriten-Wesen die Lebensfähigkeit der Sterbekassen beeinträchtige. Dem ist aber nicht so, vielmehr sind der Mißstände, die den Untergang solcher Kassen herbeiführen müssen, noch gar mancherlei. Unter diesen ist der allerübelste das unglückselige Expectanten-Wesen. Die übeln Folgen desselben treten gerade bei den Sterbekassen, die viel Zudrang haben, am frühesten und deutlichsten hervor; denn ist die Zahl der Expectanten eine sehr große, so müssen die zuletzt eingezeichneten natürlich sehr lange auf ihren Eintritt unter die wirklichen Mitglieder harren und erreichen deshalb schon vorher eine Höhe des Alters, welche ihre Mitgliedschaft nicht mehr wünschenswerth machen kann. Die Sterbekasse muß sie aber nehmen und die jüngern Mitglieder, die ihr einzig und allein Vortheil bringen könnten, zurückweisen. Die unausbleibliche Folge davon ist, daß wegen gehäufter Todesfälle und zu oft wiederkehrender Beiträge die Expectantenlisten sich leeren und deshalb die Sterbekasse wegen zu geringer Mitgliederzahl sich auflösen und die letzten Mitglieder um ihre Anwartschaft bringen muß.

Ein weiterer Grund, warum sich die meisten örtlichen Sterbekassen nicht halten konnten und die zur Zeit noch bestehenden auf die Dauer nicht halten werden, liegt in der fast gänzlichen Vernachlässigung der Sterblichkeitsgesetze. Bei den Sterbekassen, wie sie der allergrößten Mehrzahl nach dermalen sind, hat das Alter der Beitretenden fast gar keinen Einfluß auf die zu leistenden Beiträge und es zahlt der dreißigjährige Mann bei einer mittleren Lebensdauer von 34 Jahren ebensoviel, als der funfzigjährige bei einer mittleren Lebensdauer von 20 Jahren. Es ist unverkennbar, daß in dieser Praxis zunächst eine große Ungerechtigkeit gegen die jüngern Mitglieder liegt, dann aber führt dieselbe noch den Uebelstand herbei, daß sich gerade Personen im schon vorgerückten Alter zu diesen Sterbekassen drängen, um den Vortheil zu genießen, von den jüngern Mitgliedern mit übertragen zu werden.

Und wenn nun aber auch bei Entwerfung eines Sterbekassen-Statuts alle gerügten Uebelstände vermieden worden sind, so kann dessen ungeachtet einer Kasse, die nur auf die Mitglieder eines und desselben Standes oder einer bestimmten Berufsklasse berechnet ist, die Lebensfähigkeit noch nicht zugesprochen werden, sogar auch dann noch nicht, wenn sie alle Bewohner einer und derselben Stadt umfaßte. So unwandelbar nämlich die Sterblichkeitsgesetze im Großen und Ganzen sind, so schwankend sind sie doch im Einzelnen und können sie deshalb nur dann zur Wahrheit werden, wenn eine sehr große Anzahl den verschiedensten Orten und Gegenden angehöriger Individuen in Betracht gezogen werden. Dies ist aber nie möglich bei einer der vorerwähnten Sterbekassen, da wohl kaum eine über den Ort, worin sie ihren Sitz hat, hinausgeht, geschweige daß sie ganze Kreise, Regierungsbezirke oder Provinzen umfaßte. Um deswillen schweben aber die örtlichen Sterbekassen in der fortwährenden

Gefahr, daß eine hereinbrechende und den betreffenden Ort verheerende Seuche sie ihrem jähen Untergange entgegenführe. Darum aber kann man im Interesse des Sterbekassenwesens nur wünschen, daß sich dergleichen örtliche Kassen an ein Lebens= versicherungs=Institut anschließen, da nur hierdurch alle dro= henden Gefahren von denselben abgewendet werden können.

Zweiter Abschnitt.

Das Wesen der üblichsten auf das menschliche Leben bezughabenden Versicherungs=Branchen.

§. 1.

Versicherung auf den Todesfall eines einzelnen Lebens.

Diese Versicherungsart verfolgt im Grunde denselben Zweck, welchen die im vorigen Kapitel besprochenen Sterbekassen im Auge haben, nämlich die Versicherung eines Kapitals, welches beim Tode einer bestimmten Person zahlbar wird. Sie geht nur darin einen bedeutenden Schritt weiter, daß sie sich nicht blos die Sicherstellung der Beerdigungskosten, sondern auch die Versorgung der Hinterlassenen eines Versicherten zur Aufgabe stellt; sie soll also nicht blos über eine momentane Verlegenheit hinweghelfen, sondern diejenigen, welche trauernd um den Sarg ihres Versorgers stehen, auf die Dauer vor Noth und Sorge schützen. Welchen Vortheil diese Versicherung für die verschie= densten Lebensverhältnisse bietet, wird im folgenden Kapitel näher angegeben werden; hier soll deshalb nur von dem Wesen der= selben die Rede sein. Wenn soeben gesagt wurde, daß die Ver= sicherung des einzelnen Lebens auf den Todesfall im Allgemeinen ebenso wie die erwähnten Sterbekassen den Zweck habe, den Erben eines verstorbenen Mitgliedes ein Kapital in die Hände zu bringen, so unterscheidet sich erstere aber doch dadurch wesentlich von den letzteren, daß sie die von jedem Mitgliede zu fordern= den Beiträge streng nach der dem Alter derselben entsprechenden

Sterblichkeitsgefahr abmißt. Wir müssen uns über diesen Punkt gleich an dieser Stelle etwas deutlicher aussprechen, obgleich die weitere Ausführung desselben nicht in die Praxis des Lebens-versicherungswesens, sondern in die Theorie desselben gehört. Durch die Vergleichung der Todtenlisten der verschiedenen Ort-schaften und Länder hat man das überaus merkwürdige Gesetz gefunden, daß bei aller Verschiedenheit im Einzelnen jedem Le-bensalter im Großen und Ganzen eine ganz bestimmte mittlere Lebensdauer zukomme. Nach diesem Gesetz hat z. B. eine 20jäh-rige Person noch eine fernere mittlere Lebensdauer von 41 Jah-ren zu erwarten, eine 30jährige von 34 Jahren, eine 40jährige von 27 Jahren, eine 50jährige von 20 Jahren, eine 60jährige von 14 Jahren und eine 70jährige von 9 Jahren. Diese An-gaben sind keine Hypothesen, sondern unzweifelhaft feststehende Thatsachen, welche es möglich gemacht haben, eine Tabelle auf-zustellen, aus welcher zu ersehen ist, wie viel von etwa 1000 gleichzeitig geborenen Kindern in jedem Lebensalter noch am Leben sind. Nach diesen sogenannten Mortalitätstabellen sind die Beitrags- oder Prämien-Tarife der Lebensversicherungs-Gesell-schaften berechnet, und liegt in dieser Berechnung die Garantie, einmal dafür, daß kein Versicherter gegen den andern bevorzugt oder benachtheiligt werden kann, dann aber auch dafür, daß die Gesellschaften selbst einer Gefahr in Betreff ihres sicheren Be-stehens nicht wie andere Versicherungs-Gesellschaften ausgesetzt sind. Der Vortheile, welche das erwähnte Gesetz den Lebens-versicherungs-Instituten bietet, sind aber noch mehrere. Es läßt sich mit Hülfe desselben zunächst genau berechnen, ob die Verluste, welche ein Institut in irgend einem Zeitraume, etwa einem Jahre, erlitten, mit denen, welche dasselbe rechnungs-mäßig erleiden konnte, im Einklang stehen oder nicht. Das Rech-nungsverfahren ist so einfach, daß es auch dem Nichtmathema-tiker ohne Weiteres verständlich zu machen ist. Nach der Mor-talitätstabelle der 17 englischen Gesellschaften leben von 100000 zehnjährigen Kindern im 40sten Jahre noch 78653 und im 41sten 77838, es sterben mithin vom 40sten bis 41sten Lebensjahre 815 Personen unter 78653 im 40sten Lebensjahre noch Lebenden. Es ist somit die Wahrscheinlichkeit, daß eine 40jährige Person im Laufe des nächsten Jahres mit Tode abgehe $= \frac{815}{78653}$ oder

in Decimalbruchform = 0,010362. Dies ist die Sterblichkeits=
gefahr einer 40jährigen Person für das nächste Jahr. Will
deshalb eine Lebensversicherungsgesellschaft ihre wahrscheinlichen
Todesfälle ermitteln, so hat sie für das vorjährige Alter ihrer
sämmtlichen Versicherten die Sterblichkeitsgefahr zu berechnen.
Die Summe dieser sämmtlichen Dezimalbrüche giebt die Gesammt=
zahl der im eben verflossenen Jahre rechnungsmäßig zu erwar=
tenden Todesfälle. Werden die genannten Dezimalbrüche mit den
betreffenden Versicherungskapitalien multiplicirt, so giebt deren
Summe die rechnungsmäßig zu erwartenden Auszahlungen.
Diese Resultate, welche jede gewissenhafte Gesellschaft alljährlich
ermitteln muß, geben den einzig richtigen Maaßstab, ob eine
Gesellschaft factische Verluste erlitten hat oder nicht, überhaupt
ob sie günstige oder ungünstige Resultate erzielt hat.

Die Sterblichkeitsgesetze setzen die Lebensversicherungs=In=
stitute ferner in den Stand, die zu reponirenden Reserven oder
überhaupt Schuld und Forderung des Instituts festzustellen.
Unter der Forderung versteht man den gegenwärtigen Werth
aller künftig zu erwartenden Nettoprämien *) und unter der
Schuld den gegenwärtigen Werth aller künftig zu erwartenden
Kapital= und Rentenauszahlungen. Da die Schuld aus leicht
begreiflichen Gründen fortwährend wächst, während die Forderung
gegen die Schuld immer mehr zurückbleibt, so muß ein von Jahr
zu Jahr wachsender Ergänzungsfond die Differenz zwischen Schuld
und Forderung ausgleichen. Dieser Ergänzungsfond bildet die
rechnungsmäßige Reserve eines Lebensversicherungs=Instituts
und kann ein Institut nur dann als lebensfähig bezeichnet wer=
den, wenn diese Reserve zu jeder Zeit baar vorhanden ist.

Nach dieser nicht zu vermeidenden Abschweifung kehren wir
zurück zur vorher erwähnten Versicherung auf den Todesfall. Es
wird Jedermann aus dem bisher Gesagten einsehen, daß, wenn
die seinem Alter entsprechende Prämie höher normirt ist, als für
eine jüngere Person, dies nicht anders sein kann, und es mithin
im Interesse eines Jeden liegt, sich so frühzeitig als möglich zu
versichern.

---

*) Mehrere englische Gesellschaften berechnen ihre Reserven mit Brutto=
prämien, um künstliche Gewinne herauszurechnen.

Was nun die Zeitdauer der Prämienzahlung anlangt, so kann diese entweder für die ganze Lebenszeit oder nur für eine bestimmte Anzahl Jahre gefordert werden. Außer den lebenslänglich zu zahlenden Prämien hat man auch Tarife für Prämien berechnet, welche blos bis zum 69ften oder 59ften Jahre oder überhaupt nur innerhalb eines von Haus aus bestimmten Zeitraums von 5, 10, 15, 20 Jahren bezahlt werden. Natürlich sind sie um so höher, in je weniger Zahlungsterminen sie zu leisten sind.

Bei manchen Gesellschaften kann die in Rede stehende Versicherung auch durch eine einmalige Prämie, also durch Zahlung in einer Summe abgeschlossen werden. Natürlich wird diese gleich dem gegenwärtigen Werthe der künftigen Auszahlung incl. Verwaltungskosten sein müssen.

Unter aufgeschobener Lebensversicherung versteht man die Versicherung eines Kapitals, das nur dann beim Tode gezahlt wird, wenn dieser nach Ablauf einer bestimmten Anzahl Jahre erfolgt. Wer also beispielsweise eine 5 Jahre aufgeschobene Lebensversicherung abschließt, sichert seinen Hinterlassenen ein Kapital für den Fall seines Todes, wenn dieser erst nach 5 Jahren eintritt. Stirbt er vor Ablauf der nächsten 5 Jahre, so wird das Kapital nicht gezahlt. Natürlich sind die Prämien für die aufgeschobene Lebensversicherung kleiner, als bei der Versicherung ohne Carenz, und deshalb wird sie gern von denen gewählt werden, die sich noch eine 5- oder 10jährige Lebensdauer zutrauen.

<h2 style="text-align:center">§. 2.</h2>

<h3 style="text-align:center">Versicherung auf kurze Fristen.</h3>

Es giebt der Fälle nicht wenige, wo Jemand ein Interesse daran hat sein Leben für eine bestimmte Zeit, etwa auf 1, 2, 3 oder zehn Jahre zu versichern. Eine speziellere Angabe dieser Fälle wird das folgende Kapitel enthalten, und beschränken wir uns deshalb hier nur auf die Schilderung des eigentlichen Wesens dieser Versicherungsbranchen. Die Versicherung, die wir meinen, besteht darin, daß Jemandem gegen Einzahlung einer einzigen Summe oder gegen jährliche Prämienzahlung die Sicherheit geboten wird, daß, falls er innerhalb einer von Haus

aus bestimmten Zeit, etwa innerhalb 5 Jahren, mit Tode abge=
hen sollte, an dessen Erben oder den legitimirten Inhaber der
Police das festgesetzte Versicherungskapital ausgezahlt wird. Ueber=
lebt der Versicherte den angenommenen Zeitraum, so erlischt mit
Ablauf desselben die Versicherung und die eingezahlten Prämien
sind der Gesellschaft verfallen. Es leuchtet von selbst ein, daß
diese Versicherungsart gegen die in §. 1. besprochene ein geringe=
res Risiko für die Gesellschaft involvirt und daß deshalb auch die
Prämien für dieselbe wesentlich niedriger sind.

Wir müssen bei dieser Gelegenheit noch vor einem hie und
da sich findenden Irrthume warnen; wir meinen nämlich die An=
sicht, daß man durch Repetition der Versicherung auf kurze Frist
denselben Zweck erreichen könne, als durch die lebenslängliche
und zwar durch billigere Prämien. Es ist dies, wie gesagt, ein
großer Irrthum, weil nach Ablauf eines Versicherungszeitraums
bei der Neuversicherung die Prämie selbstverständlich nach dem
jeweiligen Alter normirt werden muß. Dann aber entsteht auch
die Gefahr, daß, weil bei jeder Neuversicherung wieder ein neues
Gesundheitszeugniß erfordert wird, irgend einmal dieses Zeugniß
nicht genügend befunden und mithin die Weiterversicherung ab=
gelehnt werden kann, was bei der lebenslänglichen Versicherung
gänzlich vermieden wird.

§. 3.

**Versicherung eines Kapitals, welches in einem bestimmten Alter
zahlbar wird.**

Diese Versicherung hat den Zweck, gegen eine einmalige
Einlage oder auch gegen jährliche Prämienzahlung ein Kapital
zu gewähren, welches dem Versicherten in einem im Voraus be=
stimmten Alter ausgezahlt wird. Erreicht derselbe dieses Alter,
so wird ihm das Kapital selbst baar ausgezahlt, stirbt er aber
vorher, so hört mit seinem Tode zwar die weitere Prämienzah=
lung auf, nichts destoweniger wird aber am Fälligkeitstermine
das Kapital an die Erben des Verstorbenen oder an den legi=
timirten Inhaber der Police gezahlt. Bei einigen Gesellschaften
ist diese Versicherung auch so organisirt, daß das versicherte Ka=
pital in dem Falle, wo der Versicherte den Zahlungstermin nicht

erlebt, sofort beim Tode desselben an dessen Erben ausgezahlt wird. Selbstredend müssen bei dieser Einrichtung die Prämien etwas höher sein. Beide Versicherungsarten verdienen ganz besondere Aufmerksamkeit, weil Jemand durch dieselben entweder für sich selbst den nöthigen Unterhalt im späteren Alter oder im Falle früheren Absterbens seiner Familie die Mittel zu ihrem weiteren Fortkommen sichern kann.

§. 4.

Versicherung auf den Lebensfall. Aussteuerversicherungen, Kinderversorgungkassen.

I. Historisches.

Die Kinderversorgungskassen haben sich in Deutschland sehr spät eingebürgert und sind zuerst als Versicherungen von Kapitalien zahlbar in einem bestimmten Lebensalter oder als sogenannte Aussteuerversicherungen aufgetreten. Die erste solche Versicherung brachte die deutsche Lebensversicherungs-Gesellschaft in Lübeck, welcher sich später der Janus in Hamburg anschloß. Nach Ausweis der ersten Rechenschaftsberichte ist jedoch bei der einen Gesellschaft sowohl, als bei den anderen die Betheiligung in dieser Hinsicht nicht eben groß gewesen und mußte dies um so mehr befremden, als aus dem reinsten und natürlichsten Streben elterlicher Liebe, die Kinder dereinst glücklich zu wissen, auch das Verlangen nach dergleichen Kassen nothwendig hätte entspringen müssen. Und doch konnte das Resultat demjenigen, der den Charakter der Deutschen richtig zu würdigen weiß, keinen Augenblick zweifelhaft sein. Der Grundzug dieses Charakters ist Vorsichtigkeit und hieraus entspringt Aengstlichkeit bei Spekulationen, Mißtrauen gegen das Neue und noch nicht Erprobte, Behutsamkeit bei Uebernahme von Risiko's und Furcht vor möglichen Verlusten. Aus diesem Grunde liebt der Deutsche die Wettspiele nicht und setzt nicht gern ein Kapital an eine Unternehmung von zweifelhaftem Erfolge. *) In dieser Thatsache und hierin allein ist der Grund

---

*): Auch die Spekulationswuth der Neuzeit kann die Wahrheit dieser Behauptungen nicht erschüttern, da der Tieferblickende darin nur einen

für jene geringe Betheiligung bei einer Versicherung zu suchen, wo der vorzeitige Tod des Kindes den Verlust aller gebrachten Opfer zur Folge hat.

Dies erwägend berechnete Verf. dieses im Jahre 1850 einen Prämientarif zu einer Aussteuer-Versicherung mit Rückgewährung der Prämien, falls das Kind den Versicherungstermin nicht erreicht. Die genannten Gesellschaften nahmen diese Versicherungsbranche auf und was wir geahnt und gehofft, das sollte nun glänzend in Erfüllung gehen, denn wie durch einen Zauberschlag erwachte das Interesse für dergleichen Versicherungen und dieses wieder trieb aller Orten Kinderversorgungskassen, wie Pilze aus der Erde, hervor.

Die Betheiligung an der in Berlin gegründeten deutschen Betriebskapitals- und Aussteuer-Anstalt für den Handels- und Handwerkerstand, so wie namentlich an dem Heiraths-Ausstattungsvereine in Spandow, ist in der Geschichte des Versicherungswesens wahrhaft beispiellos. Wie unendlich segenbringend hätten diese beiden Institute werden können, wenn sie nicht wegen ihrer mangelhaften technischen Fundirung den Todeskeim von Haus aus in sich getragen hätten! Der Untergang derselben kann als ein nationales Unglück betrachtet werden und wer weiß, wohin es noch gekommen wäre, wenn das Publikum nicht noch frühzeitig auf die nahende Gefahr aufmerksam gemacht worden wäre. Verf. d. hielt es für seine Pflicht, im Jahre 1850 öffentlich bekannt zu machen, daß die deutsche Betriebskapitals- und Aussteuer-Anstalt 2c. unmöglich bestehen könne. Vom Spandower Verein wollte es uns anfangs nicht gelingen, in den Besitz eines Statuts zu kommen, da mehrere Agenten, die um Zusendung desselben gebeten wurden, vergeblich darauf warten ließen. Endlich gelang es uns aber doch und wiesen wir im Jahre 1851 öffentlich nach, daß der Spandow'er Ausstattungs-Verein mit gänzlicher Unkenntniß in technischer Beziehung construirt sei und deshalb nimmermehr das gewähren könne, was er verspräche. Natürlich brachte diese Veröffentlichung eine gewaltige Aufregung hervor. In den Städ-

---

krankhaften Zustand erkennen kann, der von dem besseren Theile des deutschen Volks tief beklagt wird, glücklicherweise aber schon jetzt anfängt, einer vernünftigen Richtung Platz zu machen.

ten hatten sich nämlich zu Gunsten dieses Vereins Comité's, be=
stehend aus den angesehensten Persönlichkeiten, gebildet, welche
sich der Sache warm annahmen und so namentlich zu der colos=
salen Betheiligung wesentlich beitrugen. Diesen war jene Ver=
öffentlichung natürlich höchst unangenehm, noch unangenehmer
natürlich den zahlreichen Agenten, die bisher ein so überaus ein=
trägliches Geschäft gemacht hatten. Es gehört die Erwähnung
der vielfachen lächerlichen Angriffe, die wir zu erfahren hatten,
natürlich nicht hierher und genügt die Bemerkung, daß das Vor=
hergesagte eintraf, indem beide Institute liquidiren mußten.

Durch dies Ereigniß, zusammengehalten mit dem fast
gleichzeitigen Untergange des Jerichow'schen Gesindeausstattungs=
Vereins, war die Hoffnung so vieler Betheiligten geradezu ins
Angesicht geschlagen worden, und das verscherzte Vertrauen des
deutschen Volks — das lehrt die Geschichte — wird nur schwer
wieder gewonnen.

War hierdurch in Deutschland Mißtrauen gegen deutsche
Institute entstanden, so durften die fremdländischen hoffen im
Preise zu steigen und suchte deshalb die Caisse paternelle in
Paris hier festen Fuß zu fassen. Dieselbe wußte namhafte Per=
sönlichkeiten zu ihren Vertretern zu gewinnen und namentlich
durch ganz exorbitante Versprechungen den Massen zu imponiren.
So veröffentlichte sie folgende Bekanntmachung:

Wer ein Kind im ersten Lebensjahre in die Gesellschaft
einschreiben läßt und sich zu einer jährlichen Einzahlung von
etwa 100 Francs versteht, sichert demselben eine nach dem 21.
Lebensjahre fällige Summe von ungefähr 12,500 Francs, welche
unter Verhältnissen sich noch bedeutend erhöht.

Um dieser Bekanntmachung noch mehr Nachdruck im Volke
zu geben, ließ genannte Gesellschaft durch ihren Inspecteur Mr.
de Belfort dem Verf. d. eine sehr namhafte Summe versprechen,
wenn er als Mathematiker die Richtigkeit der gemachten Ver=
heißungen öffentlich aussprechen würde. Der Verf. prüfte das
Statut und erklärte die Versprechungen der Caisse paternelle
(Hall. Cour. Jahrg. 1852 Nr. 97.) als unerfüllbar und stützte
seine Aussage auf beigegebene mathematische Rechnungen.

Die Direction suchte sich gegen diese Behauptung dadurch
zu vertheidigen, daß sie angab, die berühmtesten französischen Ma=

thematiker hätten die Richtigkeit jener Bekanntmachung anerkannt; leider konnten sie jedoch der Aufforderung, das Gutachten von einem einzigen dieser Mathematiker mitzutheilen, nicht entsprechen, und hatte denn somit auch dieser Streit ein Ende.

Dies ist der geschichtliche Verlauf der Kinderversorgungs=kassen bis 1852. Von da ab fingen auch die deutschen Lebens=versicherungs=Institute an, dergleichen Kassen zu gründen, von denen wir später reden werden.

II. Kinderversorgungen durch festbestimmtes Kapital.

Diejenigen Kinderversorgungen, die wir hier meinen, sind die sogenannten Aussteuerversicherungen. Ihre Einrich=tung besteht darin, daß entweder gegen eine einmalige Einlage oder gegen jährliche Prämienzahlung für ein Kind ein Kapital erworben wird, welches im 14., 18., 21. oder 24. Lebensjahre oder auch in einem andern Alter an dasselbe gezahlt wird. Wie die Einlage resp. die Jahresprämie eine bestimmte ist und bleibt, so ist auch das versicherte Kapital ein im Voraus bestimmtes. Je nach dem verschiedenen Eintrittsalter sind auch die Prämien verschieden und um so niedriger, je jünger das Kind ist. Der Betrag aber, der für das Kind das erste Mal gezahlt wird, bleibt auch für die folgenden Jahre unverändert derselbe.

Die Versicherung kann noch in doppelter Weise geschlossen werden entweder mit Rückgewährung der Prämie am Fäl=ligkeitstermine, wenn das Kind vorher sterben sollte, oder ohne Rückgewährung. Um beide Fälle gehörig zu erläutern, geben wir ein Paar Beispiele. Es möge ein Kind im 5. Lebensjahre mit 100 Thalern, zahlbar im 18. Lebensjahre, versichert sein, bis zum 10. Jahre seine Beiträge fortzahlen und da etwa mit Tode abgehen. Wäre das Kind nun mit Rückgewährung der Prämie versichert, so würden den Eltern des Kindes die gan=zen eingesteuerten Beiträge, welche c. 31 Thlr. betragen dürften, am Fälligkeitstermine, d. h. an dem Tage, wo das Kind 18 Jahre alt geworden sein würde, zurückerstattet. Wäre aber die Ver=sicherung ohne Rückgewährung abgeschlossen, so würden bei frühzeitigem Tode des Kindes die Beiträge, die in diesem Falle nur etwas über 28 Thlr. betragen dürften, der Gesellschaft verfallen.

§. 5.

Rentenversicherungen.

Die Rentenversicherungen zerfallen in zwei Kategorien: A. Rentenversicherungen mit sofort (postnumerando) zahlbarer Rente. Diese wird erworben durch Deponirung eines Kapitals, für welches als Aequivalent die Rente zahlbar wird. Das eingezahlte, nie zurückzuzahlende, Kapital muß dann selbstverständlich dem baaren Werthe einer lebenslänglichen Rente gleich sein. Die Renten sind keine Zinsen des Kapitals, sondern ratenweise Rückzahluugen desselben sammt Zinsen; um deswillen sind auch die Rentenbeträge viel höher als die gebräuchlichen Zinsen und wird ja auch eine solche Rentenversicherung blos deshalb geschlossen, um den größtmöglichen Ertrag von einem Kapitale zu erzielen.

B. Rentenversicherung mit später beginnender (aufgeschobener) Rente (Alterspension). Dieselbe kann ebenfalls durch Deponirung eines Kapitals, welches wiederum dem baaren Werthe der aufgeschobenen Rente gleich ist, erworben werden. Die Rentenbeträge sind natürlich hier ungleich höher, als bei der sofort beginnenden Rente. Man kann aber auch eine solche Rente durch jährliche Beiträge, welche bis zur Zeit des Rentenbeginns geleistet werden, erwerben.

Man hat auch eine aufgeschobene Rentenversicherung in der Weise construirt, daß der Theil des Anlagekapitals, der durch gezogene Renten noch nicht absorbirt ist, den Erben des Rentenempfängers wieder zurückerstattet wird. Selbstredend wird die Rente selbst durch diese Rückgewährung verringert.

§. 6.

Ueberlebungs-Versicherung durch Kapital.

I. Ueberlebungs-Versicherung.

Man versteht unter dieser eine Lebensversicherung in der Art, daß das Kapital nur dann ausgezahlt wird, wenn eine Person A. von einer zweiten B. überlebt wird. Stirbt die Person B. vor der Person A., so erlischt die Versicherung und die geleisteten Einzahlungen sind der Gesellschaft verfallen. Es wird die

Versicherung in den Fällen zu wählen sein, wo die Person A. den Wunsch hat, eine zweite Person B. für den Fall, daß sie nach A. sterben sollte, zu versorgen. Die Fälle, in denen dies anwendbar ist, werden wir im folgenden Kapitel näher besprechen.

II. Versicherung verbundener Leben.

Bei dieser Versicherung, die sich wieder an das Leben von zwei Personen A. und B. anknüpft, wird das Kapital beim Tode des Zuerststerbenden gezahlt. Manche Gesellschaften lassen die Versicherung auch in der Weise zu, daß das Kapital beim Tode der zuletzt sterbenden Person gezahlt wird, doch dürfte diese Versicherung gegen erstere nur einen untergeordneten Werth haben. Auf die Fälle, in denen die erstere sich ganz besonders empfiehlt, werden wir ebenfalls im nächsten Kapitel zurückkommen. Erwähnt sei hier nur noch, daß sowohl die einseitige als gegenseitige Ueberlebungsversicherung entweder durch Zahlung eines Kapitals in einer Summe oder auch durch jährliche Prämienzahlung bewirkt werden kann.

§. 7.

Ueberlebungs-Versicherung durch Renten. — Wittwenpension.

Diese Versicherung ist in der Regel eine einseitige, d. h. eine Versicherung in der Art, daß vom Tode einer Person A. ab an eine zweite B. eine lebenslängliche Rente, Pension, gezahlt wird. Sie kann ebenfalls auf doppelte Weise erworben werden, entweder durch Einzahlung eines Kapitals in einer Summe oder durch jährliche Prämienzahlung. Sie wird, wie die unter §. 6. I. besprochene einseitige Ueberlebungs-Versicherung durch Kapitale, in den Fällen sich empfehlen, wo Jemand nach seinem Tode eine zweite Person für ihre übrige Lebenszeit sicher stellen will. Eine besondere Darlegung dieser Fälle werden wir ebenfalls im nächsten Kapital geben.

Dritter Abschnitt.

Vortheile der verschiedenen Lebensversicherungsarten für die verschiedenen Stände und Lebensverhältnisse.

§. 1.

Vortheile für die Besitzer geschlossener Güter.

Bei Majoraten, Fideicommissen und überhaupt geschlossenen Gütern geht das Besitzthum des Vaters ungetheilt an eins der Kinder über und, wenn Söhne fehlen, im ersteren Falle sogar an fernere Familienglieder. Es liegt auf der Hand, daß jeder verständige Vater, der sich in der erwähnten Lage befindet, schon bei Zeiten darauf bedacht sein wird, diejenigen seiner Kinder, die bei jenem Erbe leer ausgehen, ebenfalls anständig zu versorgen. Er wird deshalb seine Ersparnisse zu Kapitalien ansammeln, um damit die übrigen Kinder auszustatten. Diese Ersparnisse werden natürlich um so bedeutender werden, je länger ein solcher Besitzer das Glück hat, den Ertrag seines überkommenen Gütercomplexes zu nutzen, oder, was dasselbe ist, ein je höheres Alter er erreicht. Wie aber, wenn er seiner Familie durch einen frühen Tod entrissen wird? In diesem Falle sind mit ihm auch seine und seiner Familie Hoffnungen zu Grabe getragen. Was könnte nun gegen diese traurige Möglichkeit wohl mehr schützen, als die Lebensversicherung? Mit dem Abschluß derselben ist auch sofort das erreicht, was der Vater beabsichtigte, denn der wesentliche Vortheil, den sie vor dem bloßen Aufsammeln von Ersparnissen voraus hat, besteht ja eben darin, daß bei der Lebensversicherung das, was erworben werden sollte, sofort nach Abschluß derselben erworben ist, und wenn der Tod des Versicherten schon in der nächsten Stunde erfolgte, während beim Sparen ein langes Leben des Sparers die unerläßliche Voraussetzung ist.

Will der Vater seine Kinder nicht blos auf seinen Tod vertrösten, so wird er wohl thun, wenn er für sie, namentlich die Töchter, die Versicherung einer Aussteuer, die im 18ten, 21sten oder 24sten Lebensjahre zahlbar wird, bewirkt. — Denselben Zweck wird er auch erreichen, wenn er auf sein eigenes Leben ein Kapital, zahlbar im 50sten, 55sten oder 60sten Lebensjahre, versichert. Wie dies ihn seiner Zeit in den Stand setzt, das versicherte Kapital zur Ausstattung seiner Kinder zu benutzen, so giebt es ihm event. die Mittel zu seinem eigenen ferneren Unterhalt, wenn er sich entschließen sollte, seine Besitzungen schon bei Lebzeiten einem seiner Kinder zu übergeben.

Wollen Mann und Frau sich gegenseitig ihr Vermögen sicher stellen, so empfiehlt sich die Versicherung verbundener Leben (s. II. §. 6.), wo beim Tode des Zuerststerbenden das versicherte Kapital an den überlebenden Theil gezahlt wird.

Die im Vorhergehenden geschilderten Vortheile der Lebensversicherung für Gutsbesitzer empfehlen sich ganz in gleicher Weise auch Gutspächtern. Mögen auch die Pachtverhältnisse noch so günstige sein, so bleibt doch die erste Bedingung, etwas Erkleckliches zu erwerben, immer und immer wieder die, daß der Pächter eine Reihe von Jahren hindurch am Leben bleibe. Da ihm aber gerade dafür Niemand eine Garantie bieten kann, so bleibt auch hier wieder das einzige und untrüglichste Mittel, allen Eventualitäten zu begegnen, die Lebensversicherung.

§. 2.

Vortheile für Kaufleute, Fabrikbesitzer, Buchhändler und Künstler 2c.

Es ist eine eigenthümliche Erscheinung, daß im Allgemeinen bei Kaufleuten und Fabrikbesitzern das Interesse am Lebensversicherungswesen verhältnißmäßig noch am Geringsten ist. Der Grund ist uns vor Kurzem klar geworden. Ein sonst sehr verständiger Kaufmann sagte zu uns, als das Gespräch auf die Lebensversicherung kam: „Für uns ist das Nichts. Ihre Lebensversicherung erzielt mit ihren Geldern 4, höchstens 5 Procent, da kann ich meine Gelder im Geschäft viel besser nutzen. Mag sein, daß für einen Beamten, der seine Sparpfennige nicht anderwärts anzulegen weiß, die Lebensversicherung ganz empfehlenswerth ist; allein Unsereiner wäre doch geradezu ein Thor, wenn er seinem Geschäft

Geld entzöge, welches ihm da seine 10, 15 Procent trägt."

Es ist mehr als wahrscheinlich, daß diese Anschauungsweise bei genannter Berufsklasse eine durchgreifende ist, obgleich das Irrige derselben auf die leichteste Weise nachgewiesen werden kann. Es wird zunächst zugegeben werden müssen, daß es bei einem einigermaßen blühenden Geschäfte nicht darauf ankommen kann, wenn ihm täglich acht Silbergroschen entzogen werden. Dies zugestanden, fragen wir: was würde die Lebensversicherung für diese täglich aufgewandten acht Silbergroschen geben? — Sie würde beim Tode des Kaufmanns seiner hinterlassenen Familie c. 4000 Thlr. auszahlen und zwar dann schon, wenn der Tod gleich nach Zahlung des ersten Beitrags erfolgte. — Was wollen nun gegen diesen Vortheil die aufgewandten acht Silbergroschen sagen? Was wollen die hohen Zinsen sagen, die sie getragen haben würden, wenn sie im Geschäft geblieben wären? Wüßte der Kaufmann, daß er ein hohes Alter erreichen würde, so wollten wir zu seinem Principe nichts sagen; da er es aber nicht weiß, so wird ihm eine herannahende Seuche, die Städte und Länder verheert, mehr denn je den Gedanken ins Bewußtsein bringen, daß auch er sterblich ist. Hätte er unterlassen, sein Waarenlager zu versichern, so würde er verzweifelnd die Hände ringen, wenn er des Nachbars Haus in Flammen sähe; ist aber der Vater der Familie nicht unendlich mehr werth, als sein Waarenlager? Muß ihn deshalb nicht noch viel größere Verzweiflung fassen, wenn er ringsumher den Tod unbarmherzig seine Opfer fordern sieht? Wenn nun, wie es im kaufmännischen Leben nicht anders sein kann, nach einem Monat eine Zahlung fällig ist, nach drei Monaten die zweite und nach einem halben Jahre die dritte, kann er dann auf dem Sterbebette zu seinem jammernden Weibe sagen: Liebes Weib, sollte ich sterben, so nimm die acht Groschen, die ich täglich dadurch gespart, daß ich mich nicht zur Versicherung meines Lebens überreden ließ und trage davon jene Posten ab? Wird jene Ersparniß wohl den Trost aufwiegen, welcher in den Worten liegt: Sollte ich Euch entrissen werden, dann wird die Lebensversicherung Euer helfender Freund sein? — Nimmermehr wird sie das können; darum aber muß man es

tief beklagen, daß dergleichen Vorurtheile zur Zeit noch herr=
schen, und wünschen, daß denen, die es angeht, die bessere Er=
kenntniß nicht erst auf dem Sterbebette, und dann freilich zu
spät, komme.

Sind zwei Personen in einem Geschäfte associirt, so wird
sich unter Umständen die Ueberlebungsversicherung (s. II. §. 6.)
ganz besonders empfehlen. Der Zweck der Association ist doch
kein anderer gewesen, als der, mit vereinten Mitteln das Geschäft
in einem weiteren Umfange betreiben zu können, als beide Theile
im Einzelnen vermocht hätten. Es liegt auf der Hand, daß bei
einem solchen Compagniegeschäfte die Besorgniß entstehen muß,
daß beim Todesfalle eines Mitgliedes dessen im Geschäfte arbei=
tendes Kapital von den Nachkommen des Ablebenden herausge=
zogen und dadurch dem Geschäfte der Lebensnerv abgeschnitten
werden könne. Gegen diese Eventualität schützt einzig und allein
der Abschluß einer solchen Ueberlebungsversicherung. Wenn nach
Abschluß der Versicherung eins der Mitglieder der Association
stürbe, so würde das andere den Erben des verstorbenen Campag=
nons ihr Kapital mit der Versicherungssumme herauszahlen und
das bisherige Compagniegeschäft mit ungeschwächten Mitteln auf
alleinige Rechnung fortführen können. — Es liegt hierin aber
auch noch eine viel bedeutsamere Sicherheit. Es fehlt nicht an
Fällen, wo nach dem Tode eines Compagnons die von beiden
eingeschossenen Kapitalien durch das vorhandene Inventarium
nicht mehr gedeckt werden; in diesem Falle schützt die angeführte
Versicherung nicht nur die Erben des verstorbenen Mitgliedes
vor jedem Verluste, sondern setzt auch den Ueberlebenden in den
Stand, das Geschäft, das jetzt nur noch eine Familie zu erhal=
ten hat, auf einen vortheilhafteren Standpunkt zu bringen. Es
muß hieraus Jedermann die Ueberzeugung gewinnen, daß diese
Art der Lebensversicherung bei Compagniegeschäften, sie mögen
nun in einem blühenden Zustande sich befinden oder nicht, in
b e i d e n Fällen von großem Segen ist.

Endlich ist es die Versicherung auf kurze Fristen, die dem
Kaufmanne in besonderen Fällen empfohlen zu werden verdient.
Es kommen Verhältnisse vor, wo eine Versicherung auf eine
bedeutende Summe während eines kurzen Zeitraumes wünschens=
werth ist. Gesetzt es wäre Jemand genöthigt zur Ausführung

irgend einer Unternehmung ein Kapital aufzunehmen, so kommt vielleicht das Geld, wenn das Unternehmen glückt, in ein paar Jahren sammt Zinsen reichlich wieder heraus; wenn aber den Unternehmer vor Beendigung der Unternehmung der Tod ereilte, so würde wahrscheinlich ein bedeutender Theil des Kapitals, vielleicht das Ganze, verloren gehen und seine Nachkommen würde eine Schuldenlast drücken. Dem läßt sich nun durch eine Versicherung auf 1, 5 bis 10 Jahre (s. II. §. 2.) auf eine leichte und bequeme Weise vorbeugen.

Es giebt auch noch andere Verhältnisse, in denen diese beschränkte Lebensversicherung von dem größten Vortheile ist. Generell ist diese Versicherung allen denen zu empfehlen, die in der Durchführung einer, längere Zeit beanspruchenden, Unternehmung begriffen sind und Mühe und Kosten natürlich vergeblich aufgewendet und den Ihrigen entzogen haben würden, falls sie vor jener Durchführung der Tod ereilen sollte. Dies ist beispielsweise der Fall bei Malern und Bildhauern, denen die Ausführung irgend eines Kunstwerkes übertragen worden ist. In der Regel gehören da Jahre dazu und oft genug ist ein ausführender Künstler durch frühen Tod an der Vollendung gehindert worden. Daß unter solchen Umständen die hinterlassene Familie um das gehoffte Honorar oder wenigstens um den größeren Theil desselben kommen muß, ist selbstverständlich. Dagegen schützt nun die oben erwähnte Versicherung, welche in solchen Fällen nach Umständen auf 3, 4, 5 2c. Jahre zu schließen ist. Wird das zu hoffende Honorar versichert, so kann ein Verlust desselben, den Fall der Erkrankung ausgenommen, niemals eintreten.

In neuerer Zeit haben Verlags-Buchhändler, — es wurde vor Kurzem ein solcher Fall aus Wien berichtet, — Autoren versichert, welche die Ausarbeitung eines größeren Lieferungs-Werkes übernommen haben. Man kann solche Vorsicht nur loben, denn wie oft sind Verleger dadurch um ihre aufgewendeten Opfer gekommen, daß die Verfasser angefangener Werke vor dem Tode abgingen. In der Regel sind Schriftsteller nicht in der Lage, bei Ausarbeitung eines Werkes, das mehrere Jahre erfordert, so lange aus der Tasche zu leben, bis das Honorar fällig wird und deshalb sind sie genöthigt, ihre Verleger um Honorar-

Vorschüsse anzugehen. Solche Aufwände sind aber selbst bei dem ehrenhaftesten Charakter der Schriftsteller gewagt, weil der letztere durch den Tod verhindert werden kann, die Vorschüsse zu verdienen. Soll der Verleger in solchem Falle seine Darlehen von der unglücklichen Wittwe durch Execution eintreiben und ihr Möbel, Wäsche und Kleidungsstücke abpfänden lassen? Schon der Gedanke an ein solches Vorgehen gegen die ihres Gatten und Versorgers beraubte Wittwe erfüllt Jeden mit Grauen. Darum aber empfiehlt sich jene Versicherung so ungemein, mag sie nun der Verleger selbst bewirken oder den Schriftstellern zur Pflicht machen.

§. 3.

Vortheile für Beamte, Aerzte, Rechtsanwälte ꝛc.

Daß für diese Klasse von Leuten die Lebensversicherung vorzugsweise eine Wohlthat ist, das ist bis jetzt immer noch am meisten erkannt worden. Die Mehrzahl der Versicherten bei allen Lebensversicherungsgesellschaften sind Beamte. Die Gehälter der letzteren sind in der Regel nicht so beschaffen, daß daran zu denken wäre, Tausende für die Nachkommen zu sparen, wenn nicht die Lebensversicherung als helfender Freund hierzu die Hand böte. Was mit Hülfe einer Sparkasse aus bereits entwickelten Gründen nur höchst mangelhaft erreicht werden könnte, bietet die Lebensversicherung im vollkommensten Maaße. Kleine, leicht zu verschmerzende Ersparnisse wachsen in der Hand der Lebensversicherungsgesellschaften zu Kapitalien an, die hinreichen, die durch den Tod ihres Versorgers verwaiste Familie vor drückender Noth und Sorge zu schützen. Es ist das eine Thatsache, die so deutlich für sich selbst spricht, daß es am gesunden Menschenverstande zweifeln hieße, wenn man noch eine besondere Empfehlung für nöthig halten wollte.

Trotzdem giebt es auch hier Vorurtheile und zwar finden sie sich am häufigsten da, wo man sie am wenigsten erwarten sollte, nämlich bei den Frauen. Da nun gerade ihnen die Segnungen der Lebensversicherung zu Gute kommen und man eher erwarten sollte, daß sie nicht aufhörten ihre Männer zu bestürmen, bis sie durch Versicherung ihres Lebens Vorsorge für

Weib und Kinder getroffen, so kann man sich die Sache nicht anders erklären, als daß hier eine gewisse abergläubische Furcht im Spiele ist, die ihnen (den Frauen) in diesem Entschlusse ihrer Männer eine Vorahnung des Todes erblicken läßt. Wir können darin nur ein Seitenstück erblicken zu dem Aberglauben, daß derjenige, welcher sein Testament macht, auch bald sterben müsse. Möge der Himmel kein engherziges Weib für solche vorgefaßte Meinung büßen lassen, vor Allem aber möge kein Mann sich durch Jemand beirren lassen in der Vollführung desselben, was er für seine Pflicht erkennen muß. Ebenso wahr, wenn nicht noch wahrer, als das bekannte: Si vis pacem, para bellum, ist der Ausspruch: Si vis vitam, para mortem; deshalb rathen wir Jedem, daß er seinem Weibe zum Geburts- oder Weihnachtsgeschenk seine Lebensversicherungs-Police bringe, und es sich nicht kümmern lasse, wenn er ihr anmerken sollte, daß ein seidnes Kleid oder ein neuer Hut ihr lieber gewesen wäre. Er wird dadurch ihr die spätere schwere Reue ersparen und ihr und seiner Kinder Dank wird ihm in's Grab folgen.*)

---

*) Einen ähnlichen Gedanken hat schon Hr. Lehrer Köppel im Hall. Wochenblatt angeregt. Wir können nicht umhin, jenen recht zu beherzigenden Aufsatz mitzutheilen. Er trägt die Ueberschrift: Lebensversicherung. Ein Weihnachtsgeschenk. Es heißt darin:

Hr. W. hat es sich vor Kurzem angelegen sein lassen, das Publikum durch einen Aufsatz in d. Bl. über die Wichtigkeit der LebensversicherungsGesellschaften und über die Wohlthaten, welche jenem durch dieselben geboten werden, zu belehren. Ein solches Bemühen ist dankbar anzuerkennen; Verfasser glaubt, daß es nicht unwirksam sein werde. Das herannahende Weihnachtsfest giebt jedoch Veranlassung, noch einmal diesen Gegenstand zu berühren. Es ist schon häufig der Fall gewesen, daß Familienväter ihr Leben versichert haben, um ihren Frauen und Kindern mit dem Versicherungsscheine ein Weihnachtsgeschenk zu machen. Scheint dies auch auf den ersten Anblick ein sonderbares Geschenk zu sein, so dürfte es doch nicht leicht ein zweites geben, welches dieses an Zweckmäßigkeit übertrifft. Zwar wirft der Geber mit dem dadurch erweckten Gedanken an seinen, möglicherweise baldigen, Tod einen Schatten in die lichthelle, strahlende Weihnachtslust; aber er kann auch der Ueberzeugung sein, daß seine Angehörigen, wenn er kein Weihnachtsfest wieder mit ihnen feiert, nicht hülflos in der Welt stehen, daß sie mit inniger Dankbarkeit es anerkennen werden, durch seine Fürsorge in den Stand gesetzt zu sein, nicht mittellos und mit Kummerthränen im Auge dem kommenden Freudenfeste entgegensehen zu müssen.

Dem Beamten macht die Zukunft seiner Tochter gar oft noch mehr Sorgen als die der Söhne. Am natürlichsten ist vor Allem der Wunsch, daß er dieselben im 18ten, 21ten oder 24sten Lebensjahre mit einer angemessenen Mitgift ausstatten könnte. Der Beamte aber, wenn er einzig und allein auf seinen Gehalt angewiesen ist, bringt es gar schwer zum Aufsammeln eines Kapitals und eben darum bekümmert ihn namentlich die Zukunft seiner Töchter. Diese Sorge nimmt ihm die Lebensversicherung ebenfalls ab durch ihre Aussteuer-Versicherung. Um einem Kinde 100 Thaler Aussteuer zu sichern, die ihm im 24sten Lebensjahre ausgezahlt werden, reichen in den ersten Lebensjahren schon 18 bis 21 Pfennige wöchentlich aus. Ob zu den mancherlei Entbehrungen, welche sich gar häufig eine Beamtenfamilie auferlegen muß, wöchentlich noch jene 18 oder 21 Pfennige kommen oder nicht, das ist wohl im Grunde eine ganz gleichgültige Sache. Hundert Thaler ist freilich nicht viel, das ist richtig; aber Wenig ist besser als Nichts, das ist noch richtiger, und man soll den Groschen nicht mißachten, wenn man den Thaler nicht haben kann.

Die Aussteuerversicherung kann, wie bereits bemerkt wurde, auch durch Zahlung einer einzigen Summe bewirkt werden, und eignet sich deshalb diese Art der Versicherung ganz vorzüglich zu einem Pathengeschenke. Es ist nicht ungewöhnlich, daß Taufzeugen ihrem Pathchen eine Renten-Einlage zum Angebinde geben. Das ist ganz schön, doch wird dem armen Kinde Zeit und Weile lang werden, ehe diese Einlage mit Zins und Zinseszinsen zu einem Renten tragenden Kapitale anwächst: darum ist die Aussteuerversicherung, welche dem Kinde eine bestimmte

---

Wem ist nicht der Gedanke an einen schnellen Tod klar vor das Auge getreten, als wir in diesem Jahre so viele blühende, kräftige Leben entsetzlich plötzlich in den Tod gerissen sahen? Wie viele Familienväter mögen gar nicht mehr Zeit gehabt haben, das Elend zu übersehen, in welches ihre Hinterbliebenen nach ihrem Tode kommen mußten? — Darum versichere, wer es nur kann, nach seinem Stande und seinen Mitteln, sein Leben so rasch als möglich. Die dadurch entstehende Ausgabe ist eine Ersparniß zum Wohle der Hinterbliebenen. Darum mache ich auf das Weihnachtsfest aufmerksam, dessen Bedeutung ein solches Geschenk der sorglichen Liebe am Besten entspricht.

Summe nach einem bestimmten Zeitraume im Voraus sichert, unter allen Umständen vorzuziehen *).

Den mittel= und unmittelbaren preußischen Staatsbeam= ten empfehlen wir schließlich für den Fall, daß eine anderweite Versicherung ihnen nicht ausführbar erschiene, wenigstens die kurze Versicherung auf fünf Jahre. Diese Beamten haben bekannt= lich das Recht, aber auch die Pflicht, der Königl. Wittwen=Ver= sorgungs=Anstalt beizutreten und ihren Frauen eine Pension von wenigstens einem Viertel ihres Gehaltes, wenn wir nicht irren, zu erwerben. So vortrefflich dieses Institut nun auch ist, so unterwirft es seine Mitglieder doch einer Beschränkung, nämlich der, daß erst nach 5jähriger Mitgliedschaft die volle Pension an die Wittwen gezahlt wird, während bei nicht vollendeter einjähri=

---

*) Wir können es uns nicht versagen, bei dieser Gelegenheit auf einen beachtungswerthen Aufsatz des Herrn Rector Knauth im Hall. patriot. Wochenblatt aufmerksam zu machen. Er sagt darin über das zweckmä= ßigste Pathengeschenk:

Die Lebensversicherung hat unter ihren Versicherungsarten auch eine Aussteuerversicherung, die wegen der allgemeinen Vortheile, welche sie bietet, die allgemeinste Berücksichtigung verdient. So wie wir jeden Familienvater darauf hinweisen möchten, die Gelegenheit nicht zu versäu= men, durch monatliche Zahlung von wenigen Groschen seinen Kindern ein Kapital, zahlbar im 18., 21. oder 24. Lebensjahre, zur Etablirung oder als Mitgift zu sichern, so möchten wir namentlich alle diejenigen, welche einem Pathchen ein zweckmäßiges Angebinde zugedacht haben, auf diese Versicherungsart aufmerksam machen. Wenn z. B. jeder von sechs Tauf= zeugen für sein Pathchen statt eines silbernen Löffels oder eines ähnlichen Angebindes die kleine Summe von 2 Thlr. 3 Sgr. 7 Pf. ein für alle= mal anlegt, so bekommt dasselbe in seinem 24. Lebensjahre ein Kapital von funfzig Thalern ausgezahlt. Hätten die Pathen für jenes Geld sechs silberne Löffel gekauft, so würde das beschenkte Kind in seinem 24. Lebensjahre eben jene Löffel im Werthe von 12 Thlr. 21 Sgr. 6 Pf. be= sitzen, während beim Zustandekommen der erwähnten Versicherung das be= treffende Kind für dieselbe Spende 50, sage funfzig Thaler als eine gar willkommene Aussteuer erhalten würde.

Wie wir überzeugt sind, daß diese funfzig Thaler das also beschenkte Kind mit viel innigerer Freude an seine vorsorglichen Pathen erinnern würden, so zweifeln wir auch nicht, daß künftig ein Pathengeschenk, wie das hier in Vorschlag gebrachte, als das zweckmäßigste erscheinen wird, und daß es eben nur dieser Andeutung bedurfte, um einen Verein von Pathen jetzt nicht mehr darüber in Zweifel zu lassen, welches Angebinde zu wählen sei.

ger Mitgliedschaft g a r n i c h t s und von da bis zur fünfjährigen hin nur bestimmte Theile der Pension gezahlt werden. Um nun eine Frau gegen den bei frühzeitigem Tode ihres Mannes ein= tretenden Pensionsausfall zu schützen, giebt es gewiß kein vor= trefflicheres Mittel, als die Versicherung auf 5 Jahre mit 1 bis 2000 Thalern. Sollte der Beamte dann die 5 Jahre nicht überleben, so entschädigen die Zinsen des Versicherungscapitals die Wittwe für die ausfallende Pension und ihren Kindern bleibt das Kapital obenein. Sollte der Mann aber am Le= ben bleiben, nun so ist's ja ein viel größeres Glück, weil ja der Vater seiner Familie immer mehr werth ist, als auch das größte Versicherungskapital. Hat er doch von nun an auch den Trost, daß bei seinem späteren Tode seiner Wittwe die volle Wittwenpension gesichert ist.

Aerzte und Rechtsanwälte, wenn sie eine gute Praxis ha= ben, können ihren Nachkommen ein schönes Vermögen erwerben; aber dazu ist vor allen Dingen auch wieder nöthig, daß sie noch eine gute Weile leben. Weil sie aber nicht wissen, ob ihnen ein langes Leben beschieden ist, so wird und muß sie fort und fort die Besorgniß ängstigen, daß sie möglicher Weise der Tod aus ihrer einträglichen Berufsthätigkeit schon zu einer Zeit reiße, bis zu welcher ihnen die Erwerbung des künftigen Unterhalts ihrer Familie noch nicht gelingen konnte. Wenn sie aber trotz dieser Besorgniß das einzige Mittel, dieser traurigen Eventualität vor= zubeugen, nämlich die Versicherung des Lebens, vernachlässigt haben, dann werden sie auf ihrem Sterbebette in den umstehen= den Gliedern ihrer Familie ebensoviel stumme Ankläger erblicken. Es ist nun einmal der gewöhnlichste Leichtsinn der Menschen, daß sie in den Tagen des Glücks nicht gern denken mögen an das kommende Unglück; leider! folgt aber diesem Leichtsinn auch immer die bitterste, weil die zu späte, Reue.

§. 4.

Vortheile für kleinere Handwerker und Geschäftsleute.

Die Leute dieser Klasse haben meistens keinen Grundbe= sitz, selten einen großen. Das Handwerk hat einen goldenen Boden, sagt man, häufig ist's jedoch auch ein bleierner. Ist der Handwerker fleißig und versteht er seine Sache, so wird er sich nähren, in den meisten Fällen aber auch nur nähren. Es geht aus der Hand in den Mund und bleibt nichts übrig. Was machen aber dereinst die Kinder? — Nun, vielleicht hat die Frau etwas zugebracht. — Gar zu oft wird's auch nicht vorkommen, ist's aber auch der Fall, so muß er doch wünschen gerade diesen Fond ins Geschäft zu stecken und Arbeitsmaterial, weil billiger, im Ganzen zu beschaffen. Ob es wohl wieder herauskommt? Diese Frage kann er — mit schwerem Herzen ist er sich's bewußt — nicht beantworten. — Hat er aber sein Leben mit einem Kapitale versichert, das im 50ten, 55ten oder 60ten Lebensjahre (vergl. II. §. 3.) zahlbar wird, so kann er darüber ohne Sorgen sein.

Aber noch eine andere Rücksicht macht die erwähnte Versicherung überaus empfehlenswerth. Man weiß ja nur zu wohl, daß namentlich Handwerker in den höheren Jahren in ihrem Geschäft gar oft einen Rückgang erfahren, weil sie mit dem Zeitgeschmack und den Fortschritten der Industrie nicht gleichen Schritt halten und deshalb von ihren jüngeren Collegen überholt werden. Hat nun ein solcher Handwerker in den jüngeren Jahren nicht eben viel zurücklegen können, so würde ihm die Versicherung eines Kapitals, welches in den späteren Lebensjahren zahlbar wird, gewiß sehr zu Statten kommen. — So einleuchtend dies ist, so wenig wird es gleichwohl beherzigt. Obschon Jeder rings um sich Beispiele sieht, wo ein Meister, der früher Dutzende von Gesellen beschäftigte, jetzt einsam und allein in seiner Werkstatt sitzt, und kaum für sich allein etwas zu thun hat, ein Anderer froh ist, daß er bei seinem früheren Lehrjungen als Geselle arbeiten kann, wir sagen, obschon jeder Handwerker dergleichen Beispiele — nicht etwa vereinzelt, sondern bei Dutzenden — sieht, so denken doch nur wenige daran, daß auch ihnen dereinst ein ähnliches Loos beschieden sein kann. Wer dem Glücke im Schooße sitzt, denkt selten an die Möglichkeit kommender Noth und wenn er daran denken will, so versperrt die Selbstklugheit und der Egoismus der Ausführung eines guten Vorsatzes Thor und Thür. Mit mitleidigem Achselzucken betrachtet er die heruntergekommenen Collegen und sagt oder denkt dabei: die haben's auch darnach gemacht, dir wird und kann das nicht passiren. —

Das Exempel dieser Selbstklugen wird aber falsch, weil der Ansatz falsch ist. Es stützt sich dieser nämlich auf die Voraussetzung, daß die herabgekommenen Meister ihre spätere Noth meist selbst verschuldet hätten, und diese Voraussetzung ist unwahr. Die Schulbildung, die man vor funfzig Jahren gewinnen konnte, reicht heute nicht mehr aus und darin liegt der vornehmste Grund, daß die älteren Handwerker mit den jüngeren Genossen so selten concurriren können. Man wird sagen, daß jeder mit der Zeit fortschreiten und sich auf der Höhe der Bildung erhalten müsse. Gesagt ist dies freilich bald, aber schwer gethan, denn Wenigen nur dürfte Zeit und Gelegenheit dazu geboten sein. Darum sollte sich die jetzige Generation daraus eine Lehre ziehen, die nämlich, daß nach funfzig Jahren das, was man heute lernt, auch nicht mehr ausreichen wird und daß deßhalb diejenigen, welche sich jetzt eines blühenden Geschäfts erfreuen, dereinst der Concurrenz nicht mehr Trotz bieten können. Wenn das Jeder in rechte Erwägung nähme, so würde auch Jeder mit Freuden die Gelegenheit ergreifen, sich für seine alten Tage ein Kapital oder eine Rente zu sichern, damit bei später mangelndem Erwerb die Lebensversicherung ihm als helfender Freund zur Seite stünde und vom Abend seines Lebens leibliche Noth und Sorge abwendete.

§. 5.

Vortheile für die arbeitenden Klassen.

Man hat sich, namentlich in der neueren Zeit, vielfach mit der Frage beschäftigt, wie dem Arbeiterstande am Nachhaltigsten aufzuhelfen sei? So vielfach auch die Beantwortung dieser Frage versucht worden ist, so kann man doch nicht sagen, daß ihre Lösung bereits gefunden sei. Die Hauptfrage läßt sich auf drei Einzelfragen zurückführen:

1) Wie ist der Arbeiter für die Zeit der Krankheit und zeitweiligen Erwerbsunfähigkeit vor Mangel zu schützen?

2) Wie ist der Noth des Alters und seiner Erwerbsunfähigkeit vorzubeugen?

3) Wie läßt sich verhüten, daß im Falle des Todes eines Familienvaters dessen Kinder der Noth und öffentlichen Unterstützung anheimfallen?

Was zunächst die erste dieser Fragen anlangt, so ist es die einzige, auf die man in neuester Zeit die Antwort gefunden hat. Die allerwärts ins Leben tretenden Kranken- und Unterstützungskassen sind in dieser Beziehung ein wahrer Segen für den Arbeiterstand und wird deshalb auch in Preußen Seitens der höchsten Behörden auf deren Errichtung gedrungen. Somit handelt· es sich nur noch um die Beantwortung der beiden letzten Fragen. Die Lösung derselben finden wir nun in der Lebensversicherung. Wenn ein Arbeiter von der Mitte der zwanziger Jahre etwa an wöchentlich einundzwanzig Pfennige steuert, so reicht dies hin, um ihm ein Kapital von funfzig Thalern, zahlbar im funfzigsten Lebensjahre, zu sichern und außerdem bei seinem Tode noch funfzig Thaler für seine Nachkommen. Stirbt er vor dem funfzigsten Jahre, so werden seiner Familie 50 Thaler sofort gezahlt und die andern 50 Thaler, die zu einer Altersunterstützung für den Familienvater bestimmt waren, kommen ihr auch noch zu Gute, indem sie dieselben an dem Tage erhalten, wo der verstorbene Versorger der Familie sein funfzigstes Lebensjahr erreicht haben würde. Man wird vielleicht sagen: was ist mit funfzig oder auch zweimal funfzig Thalern groß anzufangen? Wir antworten: in einer Arbeiterfamilie viel, sehr viel. Erreicht ein Arbeiter das funfzigste Lebensjahr, nun so sind auch seine ältesten Kinder bereits selbst erwerbsfähig, und da er es wohl in der Regel auch noch sein wird, so können die von der Lebensversicherung gezahlten funfzig Thaler für kommende Noth verzinslich angelegt werden. Jedes der Kinder wird nun den Vater, wenn er altersschwach und erwerbsunfähig werden sollte, gern auf- und annehmen, wenn ihnen dafür jene funfzig Thaler nebst Zinsen zu Gute kommen. Tritt nun endlich der Tod ein, nun so ist durch das Sterbegeld von 50 Thalern zunächst für ein anständiges Begräbniß gesorgt und bleibt auch der bedeutendste Theil davon zur Vertheilung an die Kinder, die den Vater in seinen alten Tagen gepflegt haben, wohl noch übrig.

Und um alle diese Vortheile zu erzielen, ist nur ein wöchentlicher Beitrag von 21 Pfennigen nöthig. Wer wollte wohl sagen, daß dieses Opfer nicht erschwinglich wäre? Werden doch wohl allsonntäglich ein Paar Groschen aufgewendet, um die Arbeitslast der Woche in einem fröhlichen Stündchen vergessen zu

machen, warum sollte nicht nun auch der kleine Lebensversiche=
rungs=Beitrag möglich werden? Ja wir zweifeln nicht, daß ein
fleißiger und solider Arbeiter unter Umständen sogar das Dop=
pelte wird steuern und so das Doppelte für seine Familie er=
werben können.

Doch soll dies zur Wahrheit werden, so muß die Anregung
von Außen kommen, da der Arbeiterstand selten in der Lage ist,
sich über die Segnungen des Lebensversicherungswesens zu unter=
richten. Daß er das Bedürfniß selbst fühlt, beweist die That=
sache, daß er sich gern bei öffentlichen Sterbekassen betheiligt, lei=
der aber auch die traurige Erfahrung macht, daß die Hin=
terbliebenen trotz jahrelangen Steuerns oft gar nichts erhalten.
Diese Anregung muß ausgehen von den Arbeitgebern, als da
sind Fabrikbesitzer, Zimmermeister, Maurermeister, Ziegeleibesitzer
und dergleichen. Wenn sie die kleinen Beiträge allwöchentlich
in Abzug bringen und sich der kleinen Mühe des Aufsammelns
unterziehen wollten, so würden sie gewiß nur in sehr wenigen
Fällen bei ihren Leuten auf Widerspruch stoßen, unter allen
Umständen würden sie aber durch die Thränen des Dankes ver=
sorgter Wittwen und Waisen reichlich belohnt werden.

Wenn sich nun diese Betheiligung am Lebensversicherungs=
wesen so allgemein, wie zu wünschen ist, einbürgerte, so würden
gewiß Armenunterstützungen immer seltener, weil unnöthiger
werden. *) Sie würden vielleicht ihr Augenmerk darauf zu rich=
ten haben, für einen und den andern in den Tagen der Noth
die Beiträge zu steuern, damit der Familie eines Arbeiters der
Trost bleibe, beim Tode ihres Versorgers nicht hülflos in der
Welt zu stehen. — Doch davon ein Mehreres in §. 9.

<h2 style="text-align:center">§. 6.</h2>

Vortheile der Lebensversicherung für Minorennen.

Um das, was wir meinen, in ein klares Licht zu stellen,
wählen wir gleich ein Beispiel. Gesetzt ein Vormund habe das

---

*) Director Dr. Herrmann schließt seine Inaugural=Dissertation
de fructu institutorum vitae tuendae inservientium mit den treffenden Worten:
Quae quidem firmissima sunt propugnacula, quibus leniantur et repri-

3000 Thaler betragende Vermögen eines dreijährigen Kindes zu verwalten und hätte dasselbe zu 4¹/₂ % ausgeliehen, so würde er für die Erziehung des Kindes 135 Thlr aufwenden können. Wenn er nun dem Kinde noch eine im 24. Lebens= jahre zahlbare Aussteuer von 1000 Thalern sicherte, so würden c. 29 Thaler als Prämie zu zahlen sein und mithin von den Zinsen noch 106 Thaler übrig bleiben. Da mit dieser Summe durchschnittlich die Erziehung des Kindes wohl sicher zu bewirken sein dürfte, so läßt sich doch gewiß keine bessere Verwaltung von dessen Vermögen denken. Einmal würde das Kind standes= gemäß erzogen und dann würde dessen Vermögen bei seiner Großjährigkeit noch um 1000 Thaler vermehrt sein. Es ver= dient also diese Art der Vermögensanlage gewiß gar sehr der Beherzigung.

Hat der Vormund oder ein Anderer das für ein minder= jähriges Kind bei erlangter Majorennität fällige Erbe selbst aus= zuzahlen, so wird ihm wiederum die Aussteuerversicherung ein bequemes Mittel bieten, diese Summe seiner Zeit abzutragen. Wenn er nämlich das Kind mit dem Betrage der Erbschaft so versichert, daß das Kapital am Tage der Großjährigkeit fällig wird, so zahlt für ihn die Lebensversicherung dem Kinde sein ihm zugehöriges Erbe aus und er selbst kann das Kapital für sich behalten. Am Empfehlenswerthesten würde offenbar die Versicherung in dem Falle sein, wenn ein Vater seinem Kinde das Vermögen seiner verstorbenen Mutter bei dessen Großjährig= keit auszuzahlen hat, oder auch in dem Falle, wenn Jemand eine Wittwe mit Kindern heirathet und deren Erbe sicher zu stellen hat.

§. 7.

Vortheile in anderweiten Lebensverhältnissen.

Es ist ein altes wahres Sprüchwort, daß wer die Wahl hat, der hat auch die Qual. Das trifft auch bei den ver= schiedenen Lebensversicherungs = Branchen zu. Sie sind nämlich

---

mantur fluctus illi turbidi et seditiosi pauperum miserorum, quos proletarios vocamus. Nihil his institutis est accomodatius ad sublevandam et posthac sum- movendam molem beneficiorum e fiscis urbanis regiisque distribuendorum.

selbst bei einzelnen Gesellschaften so vielfacher Art, daß wohl
Mancher rathlos sein dürfte, welche Versicherung für den beson=
dern Zweck, den er gerade im Auge hat, die vortheilhafteste ist.
Wir wollen deshalb gegenwärtig die verschiedenen Zwecke, die
durch Lebensversicherung sich erreichen lassen, so weit sie im Vor=
hergehenden noch nicht spezieller erörtert worden sind, näher be=
leuchten und gleichzeitig die in jedem besondern Falle geeignetste
Versicherungsbranche dabei erläutern.

I. **Versorgung armer Seitenverwandter.** Je=
mand unterstützt arme Seitenverwandte und sieht voraus, daß
diese nach seinem Tode in eine hülflose Lage kommen müssen.
Um seiner nächsten Erben willen mag er jenen ein testamenta=
risches Vermächtniß nicht machen; wie soll er nun helfen? Die
Antwort ist: durch die **Lebensversicherung auf den To=
desfall.** Hat er eine solche Versicherung zu Gunsten der ar=
men Verwandten abgeschlossen und diesen die Police übergeben,
so übernimmt darauf die Lebensversicherung die weitere Versor=
gung derer, die vom Antragsteller bei seinen Lebzeiten unterstützt
wurden. —

II. **Auf ein Haus ist eine Hypothek eingetra=
gen, der Besitzer möchte es seinen Kindern schul=
denfrei hinterlassen.** Auch dieser Zweck wird durch die
Lebensversicherung erreicht und zwar entweder durch die Versiche=
rung auf den Todesfall oder durch die Versicherung eines Kapi=
tals in einem bestimmten Lebensalter. Im ersteren Falle deckt
die Lebensversicherung beim Tode des Versicherten die Hypo=
thekenschuld, im zweiten möglicher Weise noch bei Lebzeiten dessel=
ben, jedenfalls zu dem Termine, an welchem der Versicherte das
festgesetzte Alter erreichen würde.

III. **Zuflucht der Eltern bei ihren Kindern.** Wenn
Eltern den letzten Groschen an ihre Kinder wenden, so ist ge=
wiß auch die Erwartung gerechtfertigt, daß dereinst diese für jene
sorgen. Ob sie es thun, das steht freilich dahin! Wie kann
sich nun der Vater für alle Fälle sicher stellen? — Wieder durch
die Lebensversicherung. Er versichere das Kind, zu dem er sich
später zu wenden gedenkt, recht frühzeitig, etwa schon im 15.
Jahre, mit einem Kapitale, das etwa im 30., 35. oder 40.
Jahre des Kindes zahlbar wird und behalte sich selbst freie Ver=

fügung über das Kapital vor. Nun mag es kommen, wie Gott will, es ist für alle Fälle gesorgt. Stirbt das Kind frühzeitig und verliert mithin der Vater den Versorger für seine alten Tage, so hat er das versicherte Kapital zum weiteren Lebensunterhalt; stirbt der Vater vorher, nun so hat er durch das Kapital für sein Kind oder auch seine Kinder gesorgt; erreichen beide den Auszahlungstag des versicherten Kapitals, so kann der Vater sich immer noch entscheiden, wem er für seine Erhaltung das Kapital oder den größten Theil desselben zuwenden will; mißrathen endlich seine Kinder und wird ihm deshalb der Entschluß, sich zu einem hinzuwenden, leid, nun so wird er für das Versicherungskapital überall ein Unterkommen finden.

IV. **Versorgung der Frau bei kinderloser Ehe, oder überhaupt einer einzelnen Person.** Will Jemand eine Versicherung schließen zu Gunsten einer einzigen Person und hat er kein Interesse daran, daß die Versicherung auch dann gezahlt wird, wenn die Person, der dieselbe zufließen sollte, vor ihm stirbt, so kann dies verhältnißmäßig mit äußerst geringen Opfern erzielt werden, und zwar entweder durch die Ueberlebens-Versicherung (II. §. 6. 1.) oder die Versicherung einer Ueberlebungsrente (§. 7.). Daß hier die Beiträge viel geringer sein müssen, als in dem Falle, wo die versichernde Gesellschaft unter allen Umständen zu zahlen hat, leuchtet von selbst ein. Diese Beiträge werden um so niedriger, je älter die Person, zu deren Gunsten versichert wird, und je jünger die andere ist; natürlich deshalb, weil das Frühersterben der älteren Person wahrscheinlicher und mithin das Zahlen der Gesellschaft dadurch unwahrscheinlicher wird. Will deshalb ein Kind einen alten Vater oder eine alte Mutter, die es mit seiner Hände Arbeit ernährt, für den immerhin möglichen Fall, daß es noch eher stürbe, als Vater oder Mutter, vor Noth und Mangel schützen, so wird eine der vorbezeichneten Versicherungen das beste und zugleich die geringsten Opfer erfordernde Mittel bieten. Die Ueberlebungsrente wird in den Fällen der Kapitalversicherung vorzuziehen sein, wo ein Vater etwa ein gebrechliches, oder schwachsinniges Kind über seinen Tod hinaus sicher stellen, oder ein Herr einen alten treuen Diener versorgen will.

V. **Größtmöglicher Zinsertrag von einem Ka-**

pitale, von dem eine einzelne Person leben muß. Alle diejenigen, welche mit ihrem Lebensunterhalte auf die Zinsen eines Kapitals angewiesen sind, können sich auf keinem anderen Wege ein sorgenfreies Alter sichern, als durch die Leibrentenversicherung (II. §. 5. A.). Ein Beispiel wird dies in das klarste Licht setzen. Gesetzt eine 59jährige Dame hätte 3000 Thlr. zu 4½ % ausgeliehen, so würde sie eine Jahreseinnahme von 135 Thlrn. haben. Rechnen wir davon 55 Thlr. für Miethe, Feuerung, Kleidung u. f. w., so bleiben 80 Thlr. jährlich oder 6½ Sgr. täglich für Lebensunterhalt. Bei Anlegung des Kapitals behufs einer Leibrentenversicherung würde es dagegen c. 9 % tragen, mithin würde die Jahreseinnahme 270 Thlr. und für den Lebensunterhalt 215 Thlr. jährlich oder c. 18 Sgr. täglich verbleiben. Bei letzterer Einnahme wird eine anspruchslose Dame anständig leben können, bei 6½ Sgr. dagegen darben müssen.

VI. **Altersversorgung.** Nichts nagt wohl mehr am Leben, als die Aussicht auf ein trostloses Alter. Wenn ein Beamter schon im Voraus weiß, daß man ihn nur so lange besoldet, als er brauchbar ist, nach Ausnutzung seiner Berufs- und Lebensthätigkeit aber ohne weitere Unterstützung entläßt, so wird er schwerlich zu rechter Lebens- geschweige Berufsfreudigkeit kommen können, sofern er sich nicht die Frage: was dann anfangen? genügend zu beantworten weiß. Hier hilft wieder die Lebensversicherung aus. Ist er auf sich allein angewiesen, so wird ihm die Erwerbung einer Altersrente (II. §. 5. B.) zu empfehlen sein, hat er jedoch Familie, so wird die Versicherung eines Kapitals, das etwa im 50sten, 55sten oder 60sten Lebensjahre zahlbar wird (II. §. 3.), vorzuziehen sein.

Selbstredend werden diese Versicherungen auch in dem Falle empfohlen werden können, wo sich Jemand ohnedies einen Auszug oder einen Altentheil vorbehalten oder ein Kapital reserviren müßte. Wir werden auf diesen Fall wieder zurückkommen.

§. 8.

Vortheile der Lebensversicherung für Landbewohner.

Es ist eine eben so wahre, als überraschende Erscheinung, daß die Lebensversicherung zur Zeit in Landgemeinden noch gar wenig gedrungen ist. Der Grund ist ein mehrfacher. Einmal befinden sich die Vertreter der Lebensversicherungs = Gesellschaften vorzugsweise in den Städten und fehlt es ihnen deshalb häufig an Gelegenheit, das Versicherungsinteresse bei Landbewohnern anzuregen, dann aber ist der Grund für die verhältnißmäßig geringe Betheiligung der letzteren am Lebensversicherungswesen vorzugsweise in gewissen vorgefaßten irrigen Vorstellungen in Betreff des wahren Wesens und wahren Nutzens dieser Versiche= rungsgattung zu suchen, die unter den Bewohnern des platten Landes um so mehr fortwurzeln, als die Zahl derer, denen die nöthige Einsicht zu nachdrücklicher Bekämpfung jener Vorur= theile zur Seite steht, unter der Landbevölkerung nur eine sehr geringe sein dürfte. Es kann dies um so weniger in Verwun= derung setzen, als es selbst unter der gebildetsten Bevölkerung der großen Städte gar viele giebt, die zur Erkenntniß des Se= gens der Lebensversicherung noch nicht gelangt ist.

Auf der anderen Seite hat aber diese Erscheinung doch in= sofern etwas Befremdliches, als es wohl in keiner Landgemeinde einen Prediger oder Lehrer geben dürfte, der nicht eine Versiche= rung seines Lebens zu Gunsten seiner Frau oder seiner Kinder, sei es durch eine Rente oder ein Kapital, abgeschlossen hätte. Man sollte deshalb doch meinen, daß es diesen Herren möglich, ja Bedürfniß sein müßte, auch ihre Gemeindeglieder vom Segen der Lebensversicherung zu überzeugen und zwar um so mehr, als derjenige, der durch die Versicherung seines Lebens den Trost gewonnen hat, daß die Seinen nach dem Tode des Familien= vaters nicht hülflos in der Welt stehen, den innern Drang in sich fühlt, auch Andere dieses Trostes theilhaftig zu machen. Wir glauben auch nicht zu irren, wenn wir annehmen, daß der= gleichen Belehrungen von Predigern und Lehrern gar häufig versucht worden sein mögen, daß aber ein durchgreifender Erfolg derselben immer und immer an dem weit verbreiteten Vorurtheile, die Lebensversicherung sei nur für Beamte, gescheitert sein mag.

Es erscheint deshalb gewiß nicht überflüssig, auch einmal die Bedeutsamkeit der Lebensversicherung für Landbewohner zu beleuchten, damit auch die letzteren nicht länger von der Theil= nahme an den Vortheilen dieser hochwichtigen Institute abge= halten werden.

Es gehört zu den edelsten und natürlichsten Wünschen eines jeden Familienvaters, möge er der Stadt oder dem Lande angehören, daß seine Kinder dereinst ein besseres, sorgenfreieres Leben führen, ja überhaupt eine bedeutsamere und hervorragendere Stellung im Leben einnehmen möchten, als er selbst.

Für die Kinder der Städtebewohner, denen der Vortheil der leichten Zugänglichkeit höherer Bildungsanstalten zu Gute kommt, wird auch dieser Wunsch, sobald Fleiß und Talent ihn unterstützen, gar bald erreicht. Nicht so ist es bei den Kindern der Landbewohner. Wie Mancher, der berufen war, ein großer Gelehrter, ein talentvoller Feldherr, ein berühmter Minister zu werden, liegt wohl auf einem Dorfgottesacker begraben; wie Mancher, der unfehlbar für die höchsten Ehrenstellen befähigt wäre, verbringt still und unbekannt sein Leben in einem Berufe, für den er gerade am wenigsten Geschick hat; und warum? weil ihm die Gelegenheit zur Entfaltung seiner Geistesgaben fehlte. Der Bauerssohn ist in der Regel bestimmt, wieder in den Beruf seines Vaters zu treten; denn dieser hat ja meist schon längst mit Sehnsucht den Augenblick herbeigesehnt, wo jener, der Dorfschule entwachsen, nun tüchtig mit daran gehe, ihn bei der Betreibung der Landwirthschaft zu unterstützen; und höchstens bei den jüngsten entbehrlichen Söhnen einer zahlreichen Familie findet bisweilen der Wunsch, in einen andern Beruf zu treten, Berücksichtigung. Wir sind weit entfernt, den bäuerlichen Familienvätern daraus einen Vorwurf zu machen oder sie gar der Tyrannei gegen ihre Kinder anzuklagen, ja, wir finden diesen Zustand sogar ganz in der Ordnung. Jeder Landmann kennt den berühmten Spruch: „Um einen Herren steht es gut, der, was er befohlen, selber thut," ebensogut, wenn nicht besser, als der Städter. Der Sohn ist aber des Vaters zweites Ich und dieser weiß, daß wenn Jener mit bei der Arbeit ist, so ist's so gut, als wäre er selbst dabei; er weiß, daß Schiff und Geschirr, dem Sohne anvertraut, in besserer, sicherer Hand ist, als unter Aufsicht eines Miethlings. Was ist aber der Lohn für das im Schweiße des Angesichts der Wirthschaft gewidmete Leben der Kinder? Daß sie zu gleichen Theilen sich dermaleinst ins Erbe ihres Vaters theilen. Bei allen Anforderungen, die man auch an Eltern= und Geschwisterliebe stellen möge, kann man sich gleichwohl des Gefühls nicht erwehren, daß darin eine gewisse Ungerechtigkeit liegt. Die älteren Söhne, die in schwerer Arbeit für die jüngeren Geschwister ihre Jugendjahre verbracht, die älteren Töchter, die ihre jüngeren Geschwister auf ihren Händen getragen und mit groß gezogen, erscheinen durch diese Gleichheitstheilung entschieden benachtheiligt. Am allermeisten sind sie es in der That durch den nicht aus den Augen zu lassenden Umstand, daß sie gerade am spätesten zu eigener Selbstständigkeit gelangen, weil der Vater ihre Hülfe im Hause nicht eher entbehren kann, bis auch die jüngeren Kinder herangewachsen sind. Es ist deshalb eine häufige und gewiß nur zu billigende Maaßregel, daß die Väter unter den Landwirthen ihre älteren Kinder reichlicher ausstatten, als ihnen nach dem gesammten Besitzthum zukommen würde; freilich nicht mit der Absicht, die jüngeren Kinder zu beeinträchtigen, sondern mit der Hoffnung, noch bei Lebzeiten soviel hinzu zu erwerben, daß auch diesen dereinst ein gleich großer Vermögensantheil zufalle.

Wie aber dann, wenn ein früher Tod den Vater dahinrafft? Wo bleibt dann der gehoffte Mehrerwerb, dessen sich die jüngeren Kinder, bei denen vielleicht noch ein Theil des Vermögens auf die Erziehung zu verwenden ist, erfreuen sollten?

Und wenn auch dieser unglückliche Fall nicht einträte, wenn auch den bäuerlichen Familienvater ein langes Leben und so viel Glück beschieden wäre, daß er allen seinen Kindern gerecht werden könnte; wird er auch in diesem günstigsten Falle den oben ausgesprochenen Lieblings-Wunsch, daß alle seine Kinder eine sorgenfreiere Zukunft, als er, haben möchten, erfüllt sehen? — Der Fall dürfte sich wohl selten ereignen, daß ein Vater mit sechs Kindern auch sein Vermögen zu versechsfachen im Stande wäre; es werden deshalb allermeist die Kinder in weniger günstige Verhältnisse kommen, als ihre Eltern sich befanden. Gesetzt aber auch, es gelänge einem Landwirthe, sein Besitzthum durch Fleiß und Glücksumstände so zu vergrößern, daß bei der Theilung unter seine Kinder für jedes so viel oder noch mehr abfiele, als er vorher besessen, wird er nicht mit innerem Schmerz an die künftige Zerstückelung seines schönen Besitzthums, seiner bequem zusammengelegten Feldmarken denken?

Der Wunsch, daß es in einer Hand und zwar in der Hand eines Kindes bleiben möchte, wird sich nur schwer erfüllen lassen, weil die Uebernahme für dieses Kind mit einer so hohen Schuldenlast verknüpft sein würde, daß an ein gedeihliches Fortwirthschaften nur in den Fällen günstiger Verheirathung etwa zu denken sein würde.

Wer wollte und könnte wohl leugnen, daß die vorhergehende Schilderung der bäuerlichen Verhältnisse der Wirklichkeit vollkommen entspräche? Ja sie ist so wahr, daß die bedrohlichen Zerstückelungen des bäuerlichen Grundbesitzes zu einer ernsten Frage der Regierungen und der National-Oekonomie überhaupt geworden sind. Daß man die Lösung derselben bis jetzt noch nicht gefunden, daran ist nur der Umstand schuld, daß man sie nicht an der rechten Stelle suchte. Die einfachste und leichteste Lösung dieser Frage bietet aber die Lebensversicherung. Wir werden im Folgenden den Nachweis dafür liefern.

Indem wir dies unternehmen, werden wir alle erdenklichen bäuerlichen Verhältnisse in Betracht ziehen und bei jedem einzelnen Falle zeigen, daß jedwede Sorge eines bäuerlichen Familienvaters um das leibliche Wohl seiner Kinder — sicher, aber auch einzig und allein gestillt wird durch die Lebensversicherung.

Wir legen uns zunächst die Frage vor: in wiefern ist die Lebensversicherung für ein junges bäuerliches Ehepaar ein Erforderniß?

In Betreff der Vermögensverhältnisse beider Gatten sind nur vier Fälle möglich:

1) Beide Ehegatten sind von Haus aus vermögend;

2) Der Mann ist vermögend, die Frau hat ein unbedeutendes oder kein Vermögen;

3) Der Mann hat vorher wenig oder nichts besessen und die Frau ist vermögend;

4) Mann und Frau haben vor wie nach wenig oder nichts im Vermögen.

Sehen wir uns alle diese vier Fälle etwas genauer an. Wie wird's werden, wenn im ersten Falle einer der Ehegatten, ohne Kinder zu hinterlassen, stirbt? Diese Frage wollen wir uns zunächst vergegenwärtigen. Die Antwort darauf ist die:

der überlebende Gatte muß den bedeutenderen Theil des Ver=
mögens vom verstorbenen an die Angehörigen desselben zurück=
geben. Dieser neue Schmerz kommt unausbleiblich zu dem über
den Verlust des dahingeschiedenen Gatten. Wie ist dies aber
abzuwenden? Einzig und allein durch die Lebensversiche=
rung. Hätten sich beide Ehegatten gleich bei der Verheira=
thung mit einem entsprechenden Kapitale, etwa auf Gegenseitig=
keit versichert, so würde die Lebensversicherung die Miterben des
verstorbenen Gatten auszahlen und dem überlebenden würde
das Gesammtvermögen ungeschmälert verbleiben. Und dieser
große Vortheil würde bei einer Versicherung von Tausend Tha=
lern, wenn die Ehegatten bei ihrer Verheirathung etwa fünf
und zwanzig resp. zwanzig Jahre alt wären, durch einen jähr=
lichen Beitrag von etwa drei Procent der Versicherungssumme
erzielt werden.

Wir kommen zum zweiten Falle. In diesem ist die Le=
bensversicherung fast noch bringenderes Bedürfniß, als im ersten.
Wenn ein junger, wohlhabender Mann ein armes Mädchen
heirathet, so ist nur seine innere Herzensneigung der Beweg=
grund gewesen und keine unlautere Nebenabsicht entweiht das
schöne Verhältniß. Um deswillen erkennt es aber der junge
Ehemann mehr, wie jeder andere, für seine erste Pflicht, sein
Weib auch für den möglichen Fall zu schützen, daß die glück=
liche Ehe durch den Tod ihres Gatten gelöst werden könnte.
Wie soll er es aber anfangen? Man könnte ihm rathen, gleich
ein Testament zu machen; doch welcher junge Ehemann wird
dies gern thun mögen? Wer fängt auch wohl den Ehestand
gleich mit einem Testamente an? — Ein anderer Rath wäre,
daß er ihr einen Theil seines Vermögens durch eine Schenkung
unter Lebenden zuschreiben ließe. Doch das hat auch sein Miß=
liches. Wenn er früher stirbt und das junge Weib sich wieder
verheirathet, so theilen sich möglicher Weise fremde Kinder mit
den seinigen in sein Vermögen, — und das wird er wohl kaum
wollen. Ein einziger Weg bleibt nur noch, wo alle Uebelstände
vermieden und der edle Zweck des jungen Ehemannes doch er=
reicht wird; dieser Weg ist die Lebensversicherung. Wenn
er sein Leben mit einem Kapitale zu Gunsten seiner Frau ver=
sichert, so wird er den Trost haben, daß letztere nach seinem

Tode nicht in Noth kommen kann. Er erreicht aber dabei auch noch einen zweiten Zweck. Stirbt die Frau nämlich vor ihm, so kommt das versicherte Kapital seinen Kindern zu Gute, es ist also in jedem Falle unverloren.

Wir gehen zum dritten Falle über. Wenn die Frau dem Manne ein bedeutendes Vermögen zugebracht hat, dieser aber vorher ohne Vermögen gewesen ist, so werden in neunzig unter hundert Fällen die Frauen dafür Sorge tragen, daß dem Manne die Erinnerung daran nicht ganz und gar entschwinde, daß er seine gegenwärtige günstige Lage ihnen verdanke, in neun Fällen wird ihm diese Erinnerung möglicher Weise bei jedem Bissen Brod aufgefrischt und nur in einem einzigen wird auch die leiseste Mahnung daran unterbleiben. Und wenn's in der That nicht so ganz schlimm wäre, wie wir auch zur Ehre der begüterten Frauen glauben mögen, so wird doch jeder Mann den Wunsch haben, jener Möglichkeit nach Kräften vorzubeugen. Das einzige und sicherste Mittel ist hier wieder die Lebensversicherung; diese allein schützt den Ehemann vor allen ungünstigen Verhältnissen, in die er möglicher Weise kommen kann. Die beste Art der Versicherung würde in diesem Falle wieder die gegenseitige Lebensversicherung sein, wo, wie schon bemerkt wurde, das versicherte Kapital beim Tode des von zwei Ehegatten zuerst sterbenden an den überlebenden gezahlt wird. Stirbt beispielsweise die Frau vor dem Manne, so wird dieser durch das Versicherungscapital sich in den unumschränkten Besitz des Nachlasses seiner Frau setzen können; stirbt der Mann dagegen vor seiner Frau, so bekommt letztere zu ihrem eigenen Besitzthume noch die Versicherungssumme hinzu und kann um ihrer Kinder Zukunft um so unbesorgter sein.

Kommen wir endlich zu dem letzten Falle, wo ein junges Ehepaar sich ohne jedwedes oder bei nur geringem Vermögen verheirathet hat, nun dann sind beide nur auf ihrer Hände Arbeit angewiesen und das Weib wird nicht Mangel leiden, so lange der Mann gesund, kräftig und ordnungsliebend bleibt. Sein Tod kann aber Weib und Kind leicht an den Bettelstab bringen, deshalb ist es seine wichtigste Pflicht, von seinem Verdienste etwas aufzuwenden zur Versicherung seines Lebens. In jüngeren Jahren wird schon ein wöchentlich ersparter Groschen den

Seinen beim Tode ihres Versorgers ein Kapital von hundert Thalern in die Hände bringen. Und wären die Beiträge für hundert Thaler noch nicht entbehrlich, so wird doch auch bei den beschränktesten Verhältnissen eine Sterbekassen-Versicherung von funfzig Thalern immerhin möglich sein; durch diese würde aber neben der Bestreitung der Beerdigungskosten doch wenigstens der dringendsten augenblicklichen Noth der Hinterbleibenden abgeholfen werden.

Außer in den im Vorhergehenden angeführten Fällen ist die Lebensversicherung auch noch in mancherlei andern bäuerlichen Verhältnissen von nicht genug zu schätzendem Vortheile. Hat ein Landwirth eine Kapitalschuld auf seinem Gute, so wird er es durch Versicherung seines Lebens dahin bringen, daß dermaleinst sein Besitzthum schuldenfrei an seine Kinder übergeht. Wenn er die Versicherung so abschließt, daß das Kapital in einem bestimmten Lebensalter, etwa im 50ten, 55ten, 60ten u. s. w. Jahre ausgezahlt wird, so kann er sogar selbst noch theilhaftig werden des Glücks, sein Besitzthum schuldenfrei zu sehen.

Außerdem empfiehlt es sich außerordentlich, daß ein Familienvater seinen Kindern eine Aussteuerversicherung, zahlbar im 14ten, 18ten, 21ten oder 24ten Lebensjahre, erwerbe. Um allen ungünstigen Wechselfällen aus dem Wege zu gehen, könnte ja dem Kinde, welches in das Gut des Vaters einzutreten bestimmt ist, gleichzeitig die Pflicht auferlegt werden, vom etwaigen Tode des Vaters oder der Uebernahme des Gutes an die Aussteuerversicherungen für seine unmündigen Geschwister bis zum Termine der Kapitalauszahlung fortzusteuern.

Zum Schlusse gedenken wir noch des Falles, wo ein bäuerlicher Familienvater sich entschließt, noch bei Lebzeiten sein Besitzthum seinen Kindern gegen Ausbedingung einer Nutznießung an Geld oder Naturalien abzutreten. Wer wüßte nicht, daß solche Auszüglerverhältnisse gar oft zu gegenseitigen Erbitterungen und Zerwürfnissen führen? Die Fälle sind wenigstens nicht selten, daß dem Gutsübernehmer bei eigener wachsender Familie die bedungenen Auszüge immer lästiger werden und das eigene Interesse mit dem Wunsche, daß ihm der Vater noch recht lange erhalten bleibe, in Conflikt kommt. Trotz dieser traurigen

Erfahrungen kommt es doch noch gar häufig vor, daß sich Eltern zu solchen Schritten entschließen. Sie sind gewissermaaßen dazu gezwungen, um sich nicht dem Vorwurfe auszusetzen, daß sie ihre Kinder im elterlichen Hause alt werden lassen, ohne ihnen die Mittel zu eigener Selbstständigkeit eher, als bei der Väter Tode geben zu wollen. Diesem Uebelstande läßt sich wieder vorbeugen durch den Erwerb einer Rente oder die Versicherung des Lebens unter der Bedingung nämlich, daß das Kapital noch bei Lebzeiten, wir wollen etwa sagen im 60ten Lebensjahre, ausgezahlt wird. Kommt nach dieser Zeit das versicherte Kapital, etwa zwei bis dreitausend Thaler, in die Hände des Versicherten, so kann er sein Besitzthum ohne Vorbehalt an seine Kinder abgeben, denn er weiß, wovon er zu leben hat. Reichen die Zinsen vom Kapital zu seinem Lebensunterhalte aus, nun so kommt ja das Kapital seinen Kindern immer einmal noch zu Gute.

Das dürften im Allgemeinen einige Vortheile sein, welche die Lebensversicherung auch für bäuerliche Familienverhältnisse bietet und dürfte hiermit für jeden, der nicht absichtlich einer wohlmeinenden Stimme sein Ohr verschließt, die hohe Bedeutsamkeit der Lebensversicherung auch für Landbewohner als eine unumstößliche Wahrheit feststehen, gleichzeitig aber auch die Mahnung enthalten, nicht länger zu zögern, das ins Werk zu setzen, was er im wohlverstandenen Interesse seiner Familie als seine Pflicht erkennen muß, nämlich die Versicherung seines Lebens. —

§. 9.

Bedeutsamkeit der Lebensversicherung für reiche Leute.

Daß die Lebensversicherung allen denen, die nicht in der Lage sind, ihren Nachkommen große Kapitalien zu hinterlassen, das sicherste Mittel bietet, Weib und Kindern eine sorgenfreie Zukunft zu sichern, haben wir im Vorhergehenden zur Genüge nachgewiesen und dürfte wohl auch von keinem denkenden Menschen bezweifelt werden; darum handelt es sich gegenwärtig nur noch um die Frage: welche Bedeutsamkeit hat die Lebensversicherung für reiche Leute? Es könnte für den

Augenblick scheinen, daß diese Frage eine müssige sei; daß dem aber nicht so ist, werden wir im Nachfolgenden zeigen.

Reichthum und Wohlhabenheit machen denjenigen, der damit gesegnet ist, deshalb namentlich so überaus glücklich, weil sie ihm Gelegenheit geben, die schöne Pflicht des Wohlthuns in großem Umfange zu üben. Vereinzelte abnorme Fälle ausgenommen, darf man auch sagen, daß diese schöne Pflicht, namentlich in der Jetztzeit, in hohem Maaße geübt wird. Tausende werden mit Opferfreudigkeit dargebracht zur Unterstützung von Invaliden, für Stiftungen Behufs Aussteuer von Brautpaaren, für Bürgerrettungsinstitute, Darlehnskassen u. dergl. m. Außerdem zeigt sich die Wohlthätigkeit in letztwilligen Bestimmungen durch Aussetzung von Legaten für milde Stiftungen, Stipendienfonds und andere löbliche Zwecke. Ist dies nun Alles auch recht schön, so ließen sich doch alle diese guten und eblen Zwecke nicht nur viel leichter und auch bequemer, sondern auch in großartigerer Weise erreichen durch Benutzung der Lebensversicherung. .Um dies nachzuweisen, wollen wir ein Paar einzelne Fälle herausgreifen. Wer hätte wohl die hie und da ins Leben getretenen Stiftungen zur Aussteuer unbescholtener Brautleute aus dem Arbeiterstande bei ihrer Verheirathung nicht mit Freuden begrüßt? Und doch muß man bei näherer Erwägung gestehen, daß die Belohnung der Unbescholtenheit noch in viel zweckdienlicherer Weise durch die Lebensversicherung stattfinden könnte. Ein junges, gesundes Ehepaar ist am allerwenigsten im Anfange der Ehe unterstützungsbedürftig. Der jugendkräftige Mann, den ja erst sein hübscher Verdienst zur Verheirathung ermuntert hat, erwirbt das Nöthige für sich und sein Weib, dazu wird das Letztere zur Zeit noch nicht durch Familienpflichten abgehalten vom Miterwerb, und es kennt deshalb ein solches Ehepaar im Anfange gerade die Noth am wenigsten. Die Sorge kommt aber mit der Vermehrung der Familie und steigert sich zur entsetzlichen Noth, wenn die letztere ihren Versorger durch den Tod verliert. Trotz aller Mühe und Arbeit kann das verlassene Weib die verwaisten Kinder nicht erhalten und muß deshalb der örtlichen Armen-Unterstützung anheimfallen. Wäre es nun nicht zweckmäßiger gewesen, den Gründer einer neuen Familie an seinem Hochzeitstage mit 50, 100 oder 200

Thalern zu versichern, statt ihn mit 20, 30 u. s. w. Thalern aus=
zusteuern? Die erforderlichen Opfer dürften sich nahezu gleich
kommen, die erzielten Erfolge aber himmelweit verschieden sein.
Während hier einem jungen, die Sorge noch nicht kennenden
Ehepaare die erste Einrichtung erleichtert wird, würde dort eine
Wittwe mit ihren des Vaters beraubten Kindern vor den bit=
tersten Nachrungssorgen bewahrt werden. Bei diesem Contraste
der verschiedenen, durch gleiche Mittel erzielten, Zwecke kann
man die Thatsache, daß der letztere fast ganz aus den Augen ge=
lassen wird, nur durch den Umstand erklären, daß den Grün=
dern solcher milden Stiftungen das, was sie durch die Lebensver=
sicherung erreichen können, noch nicht nahe genug gelegt worden
ist. Man würde auch sonst überhaupt nicht begreifen können,
warum es unter der Unmasse milder Stiftungen noch keine ein=
zige giebt, welche den Zweck hat, arme unbescholtene Familien=
väter zu Gunsten ihrer dermaleinst hülflos in der Welt stehenden
Familie zu versichern.

In gleich hohem Grade würden sich die Vortheile der Le=
bensversicherung zeigen, wenn diejenigen, welche bei ihrem Tode
in hochherziger Gesinnung Legate zu mildthätigen Zwecken aus=
zusetzen beabsichtigen, dies durch Versicherung des eigenen Le=
bens bewirken würden. Zur Aussetzung eines Legates bedarf
es immer einer testamentarischen Bestimmung des Erblassers;
und weil die meisten Testamente erst auf dem Todtenbette ge=
macht werden, so wird es zu solchen letztwilligen Entschließungen
meist nur dann kommen, wenn die nächste Umgebung dieselbe
anregt. Wird aber diese Umgebung aus den nächsten Erben
des Testators gebildet, so dürfte eine solche Anregung nur in
den seltensten Fällen von ihr ausgehen. Unter dem Einflusse
solcher Umgebung 'wird aber gewiß mancher Erblasser abgehal=
ten, von seinem Vermögen ein Legat zu milden Zwecken auszu=
setzen, obgleich dies von vornherein seine Absicht gewesen. — Alle
diese Hindernisse würden fortfallen, wenn diejenigen, welche in
der Lage sind, zu milden Zwecken Legate auszusetzen, diese durch
Uebergabe einer Versicherungspolice auf das eigene Leben be=
wirken würden. Es bedürfte dann weder eines Testaments, noch
sonst einer letztwilligen Bestimmung, es würde dann auch den
rechtmäßigen Erben kein Theil des Nachlasses entzogen, ja es

würde dann gar nicht einmal die Aufwendung eines Kapitals, sondern nur die jährliche Prämienzahlung erforderlich sein. Durch Versicherung eines Kapitals, welche noch bei Lebzeiten zahlbar würde, könnte sich auch ein Jeder die Freude verschaffen, daß noch bei seinen Lebzeiten das ausgesetzte Kapital in die Hände der bedachten Stiftung käme.

Wie wir nicht zweifeln, daß die Zeit noch kommen werde, wo man diese Art, Wohlthätigkeit zu üben, jeder andern entschieden vorziehen wird, so sind wir auch überzeugt, daß man in Zukunft nicht mehr Beiträge zur künftigen Ausführung irgend eines schönen Zweckes, sondern Unterschriften zur Lebensversicherung zu Gunsten desselben sammeln werde.

Indem wir wünschen, durch Gegenwärtiges in Etwas wenigstens dahin gewirkt zu haben, daß diese Zeit näher gerückt werde, hoffen wir auch, dadurch wenigstens bewiesen zu haben, daß die Lebensversicherung auch für reiche Leute eine hohe Bedeutsamkeit habe.

§. 10.

Bedeutsamkeit der Lebensversicherung im Allgemeinen.

Wir haben im Vorhergehenden die Vortheile, welche die Lebensversicherung in den verschiedenen Lebensverhältnissen bietet, näher beleuchtet und bleibt uns deshalb nur noch übrig, über die Bedeutsamkeit derselben im Allgemeinen ein Wort zu sagen.

Aus dem bisher Gesagten dürfte das Eine bereits deutlich geworden sein, daß nämlich in der Hand der Lebensversicherung kleine Ersparnisse zu großen Summen werden. Wir sagen werden und nicht werden können, denn dies ist ja ihr wesentlichster Unterschied von den Sparkassen; hier können aus kleinen Ersparnissen bedeutende Summen werden, dort dagegen werden sie es unter allen Umständen. Daß diese Nutzbarmachung kleiner Geldsummen aber für das Gemeinwesen von der allergrößten Bedeutsamkeit ist, liegt auf der Hand, weil sie ja hierdurch zu Kapitalien gesammelt und zu Darlehen gebildet dem Handel, der Industrie, den Landwirthschaften zu Gute kommen.

Ein weiteres Moment für die Bedeutsamkeit der Lebensversicherung im Allgemeinen ist die damit zusammenhängende und dadurch hervorgerufene **Steigerung des Credits**. Wenn beispielsweise die Mitglieder einer Innung ihr Leben mit je 1000 Thalern etwa versichern und für einander solidarisch einstehen, so wird die Innung behufs Ankauf von Rohstoffen und Arbeitsmaterial mit großer Leichtigkeit einen bedeutenden Credit erlangen, ja jede Lebensversicherungsgesellschaft wird gewiß diesen Credit selbst gewähren. Wer könnte aber den Werth solchen Credits unterschätzen? Wird und muß es nicht zur Hebung des Handwerkerstandes wesentlich beitragen, wenn er in billigen Zeiten durch Masseneinkäufe sich decken kann für die Zeit, wo das Arbeitsmaterial so hoch im Preise steht, daß die Arbeit aufhört lohnend zu sein? Wir können uns nicht denken, daß dies nicht Jedermann einleuchten sollte.

Die Lebensversicherung wirkt ferner auch dadurch wohlthätig, **daß sie den Geist der Ordnung in die Familien trägt.** Es gehört zu den Erfordernissen der Lebensversicherung, daß die Beiträge in den festgesetzten Terminen pünktlich entrichtet werden. In dem Punkte also, daß allmonatlich, oder allvierteljährlich, oder wie der Zahlungstermin gewählt sein mag, an einem bestimmten Tage ein ganz bestimmter Beitrag abgeliefert werden muß, wenn nicht die Versicherung verfallen soll, in diesem Punkte wenigstens muß jeder Versicherte pünktlich oder ordnungsliebend sein; gewöhnt er sich aber daran, es in einem Punkte zu sein, so ist gewiß ein wichtiger Schritt dazu geschehen, es überhaupt zu werden.

Durch die Lebensversicherung wird endlich **die Moralität gehoben.** Wie schon der erste Gedanke eines Familienvaters, sein Leben zu Gunsten seiner Familie versichern zu wollen, ein Akt der Moralität ist, so hebt die Ausführung desselben auch die Moralität seiner Familienglieder. Sie wissen, daß der Vater Vorsorge getroffen hat, daß sie dereinst nicht hülflos in der Welt stehen sollen, sie wissen vielleicht, daß er die dazu nöthigen Opfer im Schweiße seines Angesichts erwerben muß, daß er sich einen und den andern kleinen Lebensgenuß versagt, um desto leichter die Lebensversicherungsbeiträge verschmerzen zu können. Wenn sie aber das wissen, so wird nicht leicht die Pietät gegen den Vater schwinden, Friede und Eintracht wird in der Familie

Eingang finden, und die Glieder derselben werden selbst dann noch, wenn der Vater schon seit Jahren nicht mehr unter ihnen weilt, sein Andenken in Ehren halten, sie werden seinem Bei=spiele nachstreben, um dereinst ihren Nachkommen ebenfalls die Segnungen der Lebensversicherung zu Gute kommen zu lassen. So wird die Lebensversicherung der Grundpfeiler häuslichen Glücks und das erste Glied einer langen Kette von Tugenden, die ohnedies vielleicht in gar manche Familie keinen Eingang gefunden hätten.

Inhalts-Verzeichniß.

Erster Theil.
Die Bedeutsamkeit der Versicherung.

Halle, Druck von H. W. Schmidt.